奋斗

为了更好

湖南科学技术出版社·长沙

彭志良　林志超

主编

图书在版编目（CIP）数据

奋斗，为了更好 / 彭志良，林志超主编. -- 长沙：湖南科学技术出版社，2024. 11. --（湘钢故事）.
ISBN 978-7-5710-3344-6

Ⅰ．I247.81

中国国家版本馆 CIP 数据核字第 2024JF0418 号

奋斗，为了更好

FENDOU WEILE GENGHAO

主　　编：彭志良　林志超
编　　辑：胡佩生　刘　丽　王文新　刘纲要　王班勇
　　　　　时　代　周雪鸥　饶　芳
资料收集：时　代　梁师益　宋韵洁　贺意波
出 版 人：潘晓山
责任编辑：杨　旻　李　霞
装帧设计：张　弦
责任美编：彭怡轩
出版发行：湖南科学技术出版社
社　　址：长沙市芙蓉中路一段 416 号泊富国际金融中心
网　　址：http://www.hnstp.com
湖南科学技术出版社天猫旗舰店网址：
　　　　　http://hnkjcbs.tmall.com
邮购联系：本社直销科 0731-84375808
印　　刷：长沙超峰印刷有限公司
　　　　　（印装质量问题请直接与本厂联系）
厂　　址：宁乡市金洲新区泉洲北路 100 号
邮　　编：410600
版　　次：2024 年 11 月第 1 版
印　　次：2024 年 11 月第 1 次印刷
开　　本：710 mm×1000 mm　1/16
印　　张：16.5
字　　数：200 千字
书　　号：ISBN 978-7-5710-3344-6
定　　价：68.00 元

敢于向"不可能"挑战

（序）

张志钢

　　以文化人，润物无声。《湘钢故事》第一辑《"北雁南飞"与钢铁脊梁》自 2023 年出版以来，受到了公司干部职工和社会各界的广泛好评，反响超出了预期，证明我们编辑《湘钢故事》丛书的决策是正确的。编辑部邀请公司老领导赵振营书记为第一辑作序，赵书记对湘钢文化做了精辟阐释，并以个人经历剖析了"湘钢现象"背后的文化力量，既有深度，又有温度，为这套丛书落下了点睛之笔。《湘钢故事》第一辑的出版发行，提升了干部职工对湘钢文化的认知，"湘钢发展为什么好，湘钢干部职工为什么能，归根到底是湘钢文化行"。文化自信正在成为湘钢高质量发展的新动力。

　　我是湘钢子弟，钢城生、钢城长，见证了湘钢的发展历程。自 1958 年建厂以来，湘钢从无到有，由弱到强，60 多年风雨兼程，留下了许多动人的奋斗故事，也积淀了深厚的文化底蕴。湘钢作为内陆城市钢企，政策环境约束很大，市场和资源均不占优势，与周边钢厂竞争激烈。来湘钢考察调研的领导、学习交流的同行，对湘钢能够做到在行业"领先半步"的原因非常感兴趣。我认为，是根植在湘钢文化基因里挑战"不可能"的精神推动了企业发展壮大。

　　文化因人而起。湘钢扎根在毛主席家乡，"敢为天下先""吃得苦、霸得蛮"的湖湘文化和老一辈建设者艰苦奋斗的革命精神，融汇演化为湘钢人敢于挑战"不可能"的精神气派。这种精神气派，在企业发展的关键节点上体现得尤为明显。

一

上世纪 90 年代中期，许多国有企业陷入了经营困境，湘钢也没能幸免，效益严重亏损，发展举步维艰。1998 年，湘钢建厂 40 周年，全年潜亏 2 亿元，拖欠货款 10 亿元，职工连续两个月工资没有发放，可以说企业到了生死存亡的边缘。"湘钢的差距大，说明湘钢的潜力也很大，我们搞好湘钢的决心更大。"危急关头，领导班子不等不靠，一方面扭转全员观念，真学邯钢降成本、强化管理堵漏洞；特别强调"认真"二字，即先自己认清差距、承认差距，再虚心求教、真学真用，改变"对标口径不同，大家各有所长"等外因论，狠下功夫补短板、强弱项，破釜沉舟，绝境求生。另一方面，提出"越是困难越要抓技改，依靠科技创新拓展生存发展空间"的思路，没有钱就发动职工自筹资金，咬紧牙关完成了650 轧机改造、炼钢"以转代平"、普线"一火成材"等系列技改项目，开拓新的效益增长点，最终使企业转危为安。

不仅两个月没发工资，还让职工"带钱"上班，这样的事令人难以想象，但当时湘钢干部职工硬着头皮做到了。五湖四海的人汇聚到一起，把企业的事当作自己的事，困难一起拼，压力一同扛，同舟共济、共渡难关，这种文化氛围就是湘钢脱困突围的关键。

"湘钢发展，我的责任""当湘钢的官，就得做湘钢的事"，这些观念就是这一时期，从干部职工齐心协力、迎接挑战的过程中孕育而来，也是激励当今湘钢人不断奋斗争先的精神财富。

奋斗，为了更好

二

相比宝武、鞍钢，湘钢只是一个身处内陆的中小型钢厂，如何能将板材做到世界一流水平？这样的问题在我接待交流的过程中，多次被上级领导、客户朋友问及。

2003 年，湘钢已经从危机中走出来，形成了年产钢 300 万吨的产量规模，并且有了一定的资金积累。湘钢扭亏脱困的做法得到中央领导肯定，"湘钢经验"被作为典型在全国推广，可以说是行业瞩目、赞誉如潮。但当时的领导班子没有沾沾自喜、止步不前，而是讨论"300 万吨之后怎么走"的问题。领导班子审时度势，做出了向板材领域进军的决定。当时，建宽厚板生产线承受了巨大压力：投资规模大，市场前景难料，整个行业也才开始探索，企业刚刚从生死边缘拉回来，队伍、技术、管理水平不知能不能跟上。一时间，各种质疑的声音出现。特别是建设五米宽厚板的时候，正值全球金融危机爆发，企业效益大幅下滑，资金紧张。"五米板项目能不能停建或缓建？"犹豫、焦虑的情绪开始蔓延。好在湘钢有"说了算、定了办"的作风，不惧困难压力，看准了就往前干，两个板厂均按时建成投产。板材产品从研发、认证、生产，到与国外高端客户合作，都经历了一段非常痛苦的过程。严格的要求倒逼我们变革创新，小到厂区一律"车头朝外"的管理细节，大到行业"破零首发"的技术突破，自上而下地完成了脱胎换骨的变化。

跳出"舒适区"，挑战新领域，不仅要有胆识和勇气，更要有眼界和智慧。得益于当初的决策，我们抢占了板材领域发展先机，建立了支撑企业长远发展的核心竞争力。今天的湘钢无论是生产装备、技术水平，还是品牌影响力、市场占有率，均处于行业"第一梯队"。

"市场有机遇，干部要成长，产品要转型"。领导班子着眼长远，建完板材后又向海图强，挺进广东，从无到有地建设起阳春新钢铁，从而打破地域限制，扩大发展空间。经过十多年的发展，阳春新钢铁达到 400 万吨钢规模，其产品在南方市场跃居一线品牌，夯实了湘钢"千万吨级"规模体量的基础。

文化决定命运。在企业发展的重大节点上，湘钢总是能把握机遇、走在前列，看似是时运、是偶然，实则是敢为人先、敢于挑战的文化因子，在引领和推动企业发展。

三

干毛巾里没有水，是生活常识。但我们也常常陷入误区，把水分不多而难以拧出水的毛巾也归入干毛巾之列。长期以来，湘钢一直流行着一句响亮的口号："'干'毛巾也要拧出水。"这句湘钢人耳熟能详的口号，就是挑战"不可能"的精神最生动形象的表达。

近几年，湘钢经营业绩持续向好，背后不仅是国家供给侧结构性改革带来的行业发展"风口"，更重要的是湘钢的干部职工解放思想、追求极致，像从"干"毛巾中拧出水一样，努力将生产效率、劳动效率、管理效率和经营效益发挥到极致水平。

职工中蕴藏着巨大潜力，而文化导向是激发职工潜力的重要途径。这些年，为了适应激烈的行业竞争，提升队伍凝聚力、战斗力，我们以弘扬湘钢精神为主线，开展了一系列主题教育活动，引导职工树立和强化了"盈利能力是评判生产经营工作的唯一标准"的绩效观念、"以奋斗者为本"的价值观念、"以客户为中心"的市

奋斗，为了更好

场观念和"解放思想、追求极致"的创新观念。这些观念引导职工突破思想束缚，激发内在潜力，挑战"不可能"。与之配套，创新实施了"三大体系"、对标"赛马"、"奋斗先锋"党建品牌等机制办法。近几年职工申报各类创新创效项目就有 2.3 万个，获得国家专利授权的发明创造有 163 项，创新促进生产经营不断破纪录、创新高，公司劳动生产率 6 年翻两番，销售收入以每年百亿级幅度跃进，2021 年迈入"千亿企业"行列。与此同时，企业面貌也发生了翻天覆地的变化，成功创建了国家 AAA 级景区、国家工业旅游示范点，"工业厂区"蝶变为"旅游景区"。

观念决定行动。从"干"毛巾中拧出水，靠的是精益生产、精细管理，但核心更在于职工队伍的执行力、创造力。大家敢于"跳起来摘桃子"，甚至敢于刀刃向内、自我革命。

立足当下，展望未来，我希望湘钢人在挑战"不可能"上要有更大力度、取得更大成效。思想上，要突破"不可能"的界限，在湘钢上下掀起创新突破、自我革命的热潮；工作上，要攻克"不可能"的瓶颈，发动全员集中精力提高效率、创造效益；队伍上，要挑战"不可能"的高度，为湘钢的生存、发展注入强大动能。

资源是会枯竭的，唯有文化生生不息。借本辑《湘钢故事》出版的机会，跟大家分享一些个人的经历和感受，一方面是为了帮助大家更好地理解湘钢文化，从宏观的角度了解湘钢文化的核心元素从何而来、是如何发展演变的。另一方面，也是希望广大职工牢记湘钢文化是由好几代湘钢人共同创造的精神财富，必须要一代一代传承好、发扬好。本辑《湘钢故事》的作者和编辑们耗费了大量精力，收集整理了许多鲜活生动的案例，希望大家认真品读，在故事中感受湘钢文化，汲取推动企业高质量发展的奋进力量。

目　录

飞向远方的球

胡佩生

　　一家钢厂，在自身发展为全球最大宽厚板制造基地的同时，还打造出一支网球军团。曾有媒体做过大致统计，这家钢厂所培养出的网球运动员，坐满一节高铁车厢没问题。这些网球子弟兵，曾多次在世界顶级赛事上为中国夺得冠军，他们的故事堪称一部奋斗传奇。传奇的起笔，缘于一位网球女教练加入这家钢厂，就像一粒种子，投身大地。

功勋教练想提建议

　　我接到一个陌生电话："请问，您是胡记者吗？"对方应当是位年长的女性，带有湖南醴陵口音。

　　一段沉睡数十年的记忆被瞬间唤醒。我迟疑地问："您是谢老师吧？"

　　电话那边传来爽朗的笑声："厉害！怎么就猜到是我？"

　　"当年您在湘钢中学教体育，我是您的学生啊。后来我从事新闻工作，还采访过您。我记得，您老家在醴陵船湾。"

　　1985 年，我与邹奋老兄合写关于湘钢网球故事的报告文学作品《叶的事业》，在《中国体育报》分两期连载，主人公就是这位后来的国家女子网球队功勋教练谢逢森。

谢老师告诉我，她从国家队教练岗位上退休后长住长沙，在湘钢还留有一套老房子。听说湘钢文化园准备由国家 AAA 景区向 AAAA 景区升级，而 2024 年是湘钢业余体校网球班成立 50 周年，谢老师和湘钢走出去的几位网球老队员这次回来，是想向公司提议，把湘钢开创网球事业的历史和荣誉展示出来，作为湘钢文化园的参观景点，不仅能彰显企业"既出钢材，又出人才"的特色贡献，更能体现网球子弟兵对湘钢奋斗文化的血脉传承。

据谢老师说，《叶的事业》是海内外媒体深度报道湘钢网球故事文章中的第一篇，她问我是否还保存有那两期报纸。我回答有，连写作的底稿都还在，找到就送过去。谢老师给了我她在湘钢的老房子住址，叮嘱道："栋号和楼门都不一定准啊，我八十五六岁了，常爱犯糊涂，只记得房前有一架单杠。"

当我前去的时候，果然看见单杠，但谢老师所说的西头楼门却不对。再打电话，她老人家从东头楼门出来接我，身穿带国旗标志的教练服。她还是一头短发，却已遍布银丝，唯身姿挺拔，一如当年。

上楼时，谢老师腿脚有些吃力，我想要搀扶，她摆手拒绝："我能恢复到这个样子，医生说已经是个奇迹。"七十九岁那年，谢老师在网球场授课时突发脑梗塞，瘫痪在床。她从湘钢带出去的一位老队员将她接到北京，提供了很多治疗帮助，谢老师终于又可以站立起来，重新挥动网球拍了。

在满是往日怀想的老房子里，谢老师同我说着网球与湘钢的故事。我诧异于她的记忆居然如此清晰，那么多的人和事，尽在眼前。

"湘钢基地"的诞生

1972 年的一天，我们湘钢中学初 39 班上体育课，新来的谢老师带领训练。刚开始，调皮的男生并没把这位温和的女老师放在眼里，不太服管。可过了不久，大家都喜欢上她的课——跑、跳、投等体育课的"十八般武艺"全要得开，孩子们最佩服有两下子的人。后来，有同学传递"小道消息"说，谢老师从前是湖南省网球队的教练哩！

毕业于湖南师范学院体育科的谢老师，1959 年加入最初组建的湖南省网球队当运动员，半年后参加第一届中华人民共和国全国运动会，1960 年起兼任教练。三年困难时期过"苦日子"，把网球队给"苦"掉了。1964 年，当时的湖南省委书记找到谢老师，交代了要再次组建湖南省网球队的任务。谁知没过两年"文革"来袭，网球队再度解散，谢老师也因家庭出身不好、社会关系复杂被造反派抄家，与省体委系统中其他有类似问题的人员一道，被"发配"到浏阳大围山进行"劳动锻炼"。

1972 年，湘钢中学缺乏体育教师，此前从省体委体工大队下放来湘钢中学任教的谭老师、贺老师向学校推荐谢老师。谢老师档案调来后，湘钢人事部门非常犹豫：这人不光是家庭成分有问题，还有海外关系。倒是湘钢领导觉得人才难得，果断拍板："调！"

现实生活虽远离了网球，可那只白色小球却时常在谢老师的梦中飞来飞去。1974 年她回长沙时找到省体委领导，提出了一个有点遥远的想法：湘钢作为湖南省数一数二的大企业，有好几所小学、两所中学，还成立了业余体校，省体委这边能不能跟湘钢沟通，在湘钢体校开设网球班，为湖南网球的未来振兴培养预备人才。谢老师说，除了她自己，原省网球队的男队员小彭也下放在湘钢，他们两个人，就是现成的男女教练员啊！

省体委领导笑起来，说："小谢呀，你还是忘不掉网球。这是件好事，我们可以跟湘钢联系一下。等将来有基础了，一定要把省专业队再搞起来。不过，你大概也知道，湘钢上上下下可都是篮球迷。网球，很多人怕是没听说过。"

到湘钢虽然才两年，谢老师却深深叹服湘钢人对篮球的巨大热情。不光厂里有全脱产的男女专业队，基层单位也都各自建立篮球队，球场遍地开花，赛事如火如荼。随着省里下放的一批运动员前来加盟，湘钢篮球队渐渐成为省内外大企业中的一支劲旅。谢老师提到的省网球队小彭，已经变身为湘钢篮球男队主力后卫，因为身穿 6 号球衣，人称"小六号"。网球，跟湘钢会有缘分吗？

让人没想到的是，湘钢竟是极其爽快地接纳了网球。体校增设网球班，由湘钢体育运动委员会办公室林主任具体负责。省体委慷慨支援，湘钢派了 3 台大卡车，把省网球队原先剩下的训练器材一股脑全给拉了回来。

林主任带着谢老师，到湘钢几所小学、两所中学还有业余体校，挑选网球"苗子"。湘钢规定，每参加一次训练，每个队员可获得 3 角钱的营养补助，这能买三四两猪肉了。那时候，普通人家轻易吃不起肉。

湘钢篮球赛场上，再也看不到"小六号"活跃的身影，网球班迎来了彭教练。

器材有了，人也有了，可是，网球场在哪？没有打球的地方，怎么开展训练？大家找遍了湘钢生活区每一堵墙，发现合适的墙就是"陪练"。湘钢二中一位姓徐的学生放学路过，看见队员们手上的球拍太过破旧，便从家里拿来一副网球拍送给谢老师，居然是外国名牌，是当年苏联专家撤走时留给他爸爸的纪念。

奋斗，为了更好

后来，这群网球少年有了专属的练习场地——湘钢招待所一座废弃的游泳池。游泳池清理出来，四壁都能打"墙球"。不过，即使是外行人也都看得出来，游泳池里再怎么也练不出网球高手，总该有真正的网球场才行。

篮球馆南北有两块空地，经过林主任多方奔走，湘钢许多单位送来水泥、砂子、冶金炉渣、废旧钢管和钢网，还有几十里之外矿山的尾矿泥。大家伙开始建真正的网球场，林主任、两位教练都是劳动力，再加上网球班队员和他们的家长，工会领导、谢老师丈夫也经常参加，湘钢二中校长还把上劳动课的学生也派了过来。彭教练带领年龄大点的男女队员打起赤脚踩泥浆，小队员把泥浆盛进脸盆端给谢老师，均匀泼洒在场地上。球场四周高高的挡网，全由工人师傅焊接而成，连压路机也轰隆隆地开来上阵。网球班的队员们非常懂事，把营养补助的钱凑到一起，给参加劳动的学生们买电影票，为加晚班的工人买夜宵。

半个月时间，诞生了第一个用钢厂特有材料建成的标准尺寸网球场。1975 年，又有了第二个。湘钢基地，跳动着湖南网球顽强的脉息。

一支新军湘钢来

网球场的一个清晨，谢老师看见小不点和高个子两个爱打网球的小姑娘又蹦蹦跳跳地来了。她早就看中高个子，是打网球的好材料。

谢老师走过去问小不点："多大啦？""10 岁。"小不点拉一把身边伙伴，"我们知道您是谢教练，请您教我们打网球吧。"谢老师有心逗她："你的个头不够啊。打网球，要个头高些才好。""我有一米七，今年 12 岁。"高个子乐坏了，站过来自我介绍。小不点赶紧挺直胸脯，说："我爸是大高个，我姐也高。我还小，会长高的！"谢老师忍不住笑了："那好。我让你们进网球班，可不要怕吃苦啊！"

体能训练，别人按规定跑 2.5 公里，小不点偏要跑 4 公里；基本功训练两个多小时，谢老师又临时增加一套 20 公斤哑铃推举。高个子和另外一个十三岁男孩都已疲惫不堪，勉强能推举两三次，而小不点咬着牙，竟一连推举了 20 次，简直把谢老师看呆了。

这些钢铁少年，若想把网球打出些名堂，必须闯出去经风雨、见世面，接受高水平训练，参加比赛，锻炼队伍。对于这一点，湘钢并不外行，舍得花钱，省体委也出面多方联络。每次出发，湘钢领导都要挤出时间勉励、叮嘱孩子们，工会领导也曾率队出征。

1977 年 12 月初，湖南攸县下了一场罕见的大雪。这天，生产队不出工，银坑公社高楼大队小学校知青点，湘钢下放知青小邹正望着乡村雪景发呆。两个月前，他刚参加完在上海举行的全国比赛，回来就打起铺盖，上山下乡干农活。

"也许，再没机会打网球了。"小邹这样想着，下意识地做几下挥拍击球动作，又兴味索然地停下来。

雪花飘舞的机耕道上，远远走来一个人，小邹只觉得那个身影非常熟悉，却又一时想不起来是谁。待到那人走近了，小邹大感意外——竟然是彭教练！

彭教练身上落满雪花，两脚都是泥水，看样子走了很远的路。小邹紧紧拥抱教练："真的是您吗？怎么会到这儿来？"

终于见到自己的队员，彭教练也很兴奋："这地方真偏僻啊。我从酒埠江长途汽车站下车，一路打听，走了三四个小时，生怕天黑还找不到你们。咱们的女队员小孟，也跟你在一起吧。省里要成立网球专业队，你和小孟都入选了，我来接你们俩回去继续打球。"

彭教练带着两个队员到大队、公社、县城办理转户口和粮食关系等手续。为了赶上回湘潭的早班车，三个人背着行李连夜出发。四野黑得瘆人，路仅依稀可辨，只能深一脚浅一脚地试探。偶尔，有什么动物发出怪叫，吓得小孟赶紧往彭教练身边靠。

与小邹和小孟不同，另有两位入选队员却遇上麻烦。"你看看，你看看，"省体委领导眉头紧皱，用手指敲着报上来的队员情况材料，"我说小谢呀，你的社会关系已经够复杂的了，这又冒出两个有家庭历史问题的，你就不怕再给自己惹一身麻烦吗？"

谢老师早有思想准备："他们是最有希望的，我实在舍不得放弃。能在国内打出成绩就不简单，将来要是真有机会出国比赛却通不过政审，我负责做他们的工作。"

新的省专业队训练基地设在湘钢，省体委派来张领队。全体队员集中住宿，请了位做饭阿姨。听说湖南又有了专业网球队，一些兄弟省队前来交流。看到湖南网球队的条件，他们大感惊讶：训练场地和生活设施都十分简陋，运动员宿舍甚至连个像样的屋顶都没有，就是篮球馆看台底下的大斜面；赶上炊事员请假，林主任还得亲自外出搞采买，下厨做饭菜。

简陋，最能激励奋斗。20 世纪 80 年代前两年，湘钢子弟"小荷才露尖尖角"，先后夺得全国网球硬地冠军赛男子单打第一名和全国网球甲级赛混合双打第一名；1983 年第五届全运会又扩大影响，为湖南一举夺得男子团体、男子单打、男子双打 3 块银牌；紧接着的是 1985 年 3 月全国网球甲级团体赛男子冠军，正式昭告"一支新军湘钢来"。

1985 年 8 月，时任国务院副总理、中国网球协会名誉主席万里和时任中共中央书记处书记胡启立，在北戴河亲切接见了全国青少年网球赛六项冠军选手。听到有三个冠军来自湖南湘钢，又听谢老师讲述湘钢支持网球事业，教练员和运动员艰苦奋斗的故事，万里同志不无感慨："你们看，条件差的反倒上来了。"胡启立同志接言道："一个厂矿，能出这么多网球人才，不简单！"万里同志谆谆告诫："我们的网球还是中等水平，如果能有两男两女进入世界前16名，中国网球就上去了。"

《人民文学》杂志1992年11月号发表报告文学，述说湘钢网球的世界梦。

"带出一窝子好运动员"

2023年6月的一天，谢老师邀我参加一场座谈交流会，湘钢主管领导听取了她和几位老队员对湘钢文化园网球参观景点建设的具体建议。这些天，湘钢主要领导与谢老师多次见面细谈，又到老的网球基地现场踏勘。

通过这次座谈交流我了解到，20世纪八九十年代，是湘钢网球异军突起、逐渐繁盛的时期，队员们代表湖南夺得第七届全运会女子团体冠军，包揽女子单打前三名、混合双打亚军；获得第八届全运会女子项目的全部金牌和女子单打银牌。光是这二十年间的全国网球甲级团体赛和单项赛，湘钢子弟兵在男女项目就总共夺得了23个冠军。一家专业媒体甚至打出《湘钢网球：中国网球的无敌舰队》惊叹式标题。

这期间，湘钢网球子弟兵开启走向世界、为国争光的奋斗新征程。

1989年，三名湘钢子弟组成国家女子网球一队出战亚洲网球锦标赛，夺下团体银牌。当年的小不点，已长成身高1.65米的大姑娘，她冲进女子单打决赛，与有"亚洲女皇"之称的上届冠军决战，试看谁是今日英雄。赛前，有人传来许诺："你要是不争这项冠军，给你一万美金。"在当时，这可是一笔不小的数目啊。谢老师让人回话："我们要的是国家荣誉！"终于，小不点战胜昔日"亚洲女皇"，把桂冠戴在自己头上。

　　在1990至1998年的连续三届亚洲夏季运动会上，湘钢网球子弟兵获两项冠军、三项亚军、一项季军。

　　在中国大陆女子网球运动员中，湘钢子弟兵第一个靠排名闯入全球四大公开赛；第一个进入世界女子单打排名前36位、最高达到16位；第一批取得奥运会参赛资格；第一个走职业化道路；获得2013年温布尔登网球锦标赛女双冠军，同年10月获得国际女子职业网联（WTA）年终总决赛女双冠军；获得2014年法国网球公开赛女双冠军，同年登顶世界女子网球双打排名第一。还有许多的国际网球联合会（ITF）、WTA赛事冠军……这些，都是湘钢网球子弟兵奉献给祖国的荣光。

　　那次座谈会之后，湘钢领导对谢老师他们的提议专门加以研究并确定：南面网球场全面升级改造，地面要达到澳大利亚网球公开赛标准，供湘钢网球协会训练和比赛使用；北面网球场保留历史原貌，竖立参观解说牌；原来的运动员宿舍改建为湘钢网球历史和荣誉展示厅。此外，更要把湘钢网球的奋斗故事写出来，激励后人。据悉，从2022年起，湘钢正在实施新一轮对湖南网球的支持计划。

　　2023年冬天的第一场寒冷，来得迅疾。谢老师打电话来，托我转交她要提供给湘钢网球历史和荣誉展示厅使用的一批文字、图片资料。我问："还是到您家老房子吗？"谢老师嗓音有些嘶哑，说："也许是天气变化的原因吧，两条腿感觉不听使唤，走路困难，老房子的楼梯是爬不上去了，不知道今后还能不能再回湘钢。"她这次来湘潭，是为参加晚辈婚礼，住在一家宾馆。

第二天一早我赶到宾馆，谢老师早就坐在大堂一角等我。见到我来，她拿过沉沉的手提包，取出资料一份一份地给我看，都是几十年来丈夫帮她收集保存的。

那些珍贵照片，定格了湘钢网球子弟兵在国内外重大比赛中手捧奖杯的高光时刻，他们把其中三座奖杯赠予湘钢留念；记录了党和国家领导人与谢老师以及湘钢子弟兵的网球交往故事。李瑞环同志夸奖谢老师："你这个女教练，带出一窝子好运动员。"吕正操同志补充道："都是爱吃辣椒的，都是湖南湘钢的。"

谢老师轻轻抚摸其中一帧留影，那是当年她带领湘钢小队员们赴江苏省队训练交流，于南京紫金山麓拍摄的。"那时候的我，头发有多黑啊！"跨越了岁月关山，遥想那些奋斗风华，谢老师脸上是百战归来的静定和从容。

我告别谢老师，将要走出宾馆大门时，回头看见她老人家艰难地站起身向我挥手，想起她刚才说的话："我一定要把这双腿恢复好，再回湘钢。"

（文字编辑：胡佩生）

奋斗，为了更好

目标：AAAA

王文新

初夏的风，很轻，吹在身上非常舒服。若不是窗外洁白的广玉兰，会让人以为仍是春天。

从广玉兰的树顶望过去，高炉的身影巍峨雄壮，蓝色的厂房被茂盛的绿树丛围绕着。在蓝天白云的映衬下，眼前的一切静美无声，令人情思千里。

"快活岭"往事

"小王，吃饭去不？"同事吉师傅站在窗外，敲了敲玻璃。

我望了望窗外，吉师傅胖乎乎的身躯后面一片漆黑。不需要看时间，应该是夜里 11 点多了，吃夜宵的时间到了。

"快活岭"是休息室后不远的一个"厂中村"。这里住着十多户"村民"，他们大多是"半边户"（夫妻一方为城镇户口，一方为农村户口），还有不少是没有分到房子的双职工家庭，于是就近取材修了房子，墙是废旧耐火砖砌的，顶是各式各样的瓦，有的甚至是铁皮，一遇大雨就"哒哒、哒哒"地响个不停。他们的用水，从附近湘钢的某根水管分一根支管过来就行；烧饭烧水，则是取点煤或背点焦炭回家。不少"半边户"为了生计，有养鸡、养猪、养鸭的，有开早餐店、炒菜店、小商店、理发店的，也有开电游室的。像这样的"厂中村"，湘钢有多少，我不知道，但有人估计厂区内至少有一千多住户。

"快活岭"有三家炒菜店，我和吉师傅要去的是其中一家。我们打上手电，从低矮房檐下的狭窄小路摸过去。突然，走在前面的吉师傅身子一歪，"啊"了一声，差点摔倒。我连忙上前扶住，低头用手电筒一照，原来他踩进了一条排放猪屎猪尿的小沟。

吉师傅咒骂了一声，继续往前走。显然，他已经见惯不怪了。

老刘家炒菜店灯火通明，隔壁几家也是，看来吃宵夜的还不少。我和吉师傅一进门，就被老板娘热情地迎住了："几位？两位？坐这？"老板娘左手拿一个小本本，右手夹一支蓝帽圆珠笔，指向门后的一张小桌子。

我低头看了下，那是个便携式夹板桌，靠墙摆着，两边各有一把竹椅。墙上挂着一个扯历，印着"1999年10月28日"，"28"位居正中，特别显眼。

"可以。"我点了下头。

"哎——吉师傅，这边……"这时候，里屋有人叫。我和吉师傅挤进去一看，是另外一个站的老李在喊，他与两个徒弟也在吃饭。老李和吉师傅是同一批进厂的，分在不同的站，平时工作也有交集，关系很好。

"就你俩？"老李坐在椅子上，身子往后靠了靠，扬起头笑眯眯地问。

"就我俩！"吉师傅回道。

"一起吃点？正宗血鸭，刚从炼钢厂那边端过来的……"老李用筷子指着一盘热气腾腾、黑乎乎的东西，热情相邀。

"好东西啊！再加俩菜！"吉师傅爽快地叫来老板娘。

"听说没？'快活岭'要没了。公司今天上午好像开了动员会，说是要分批清理厂内住户。"一番酒酣耳热之后，老李用探寻的眼光望向吉师傅，希望从他那里知道更多。

吉师傅"嗯"了声，从血鸭里挑了根细细的鸭肠，举起来在电灯下细细地看了看，慢条斯理地说："听说了，是个好事。"他把鸭肠塞进嘴里，咂巴着嘴说："早该清了。听说公司去年做了个统计，住在厂区的有3600多人，保守估计每年要耗电100多万千瓦时，用水20多万吨，这些住户的水电费用绝大部分没有缴纳。光是钢丝绳厂那边的'非洲村'，每月耗电就有万元以上，去年10月才收上来300元，这是多大的损失啊。"

吉师傅接着说："公司早在上半年就成立了清理厂内住户工作领导小组，明确要求到2001年底，生产区内与湘钢无关的临时住户、在公司承担施工任务并居住在厂区的施工队伍、一些职工临时住户，都要迁出厂区，对私搭乱建的房屋、工棚等一律拆除。这件事情工作量非常大，情况非常复杂，真要彻底清理好，哪有那么容易啊！这个月11号开的公司民主议事会专题讨论这件事，121个职工代表投票表决，有3张反对票、1张弃权票，说明不愿搬出去的人还是有的。之前也有几次喊要清理，但都是雷声大雨点小！再说，真要是清理了，我们上哪就近吃夜宵去？"

"不，吉师傅，这次好像不一样。听说炼钢厂那边早就动员了，要大家尽快搬迁。"老李打断吉师傅的话。

"我还听说，第一批是渣钢、一炼钢、二炼钢区域，第二批是烧结、焦化、炼铁、动力、热电区域，第三批运输部这边和建安公司区域，第四批是综企、初轧等区域，明年6月底前要全部清理完。"老李的一个徒弟插话。

"是的，看来这次好像是真的，"老李的另一个徒弟接过话题，

"虽然难度大，但我觉得这次是动真格的了。炼钢厂那边有人上门做工作，被人拿菜刀在后面追，好在被及时制止了。"

"反正我没住厂内，希望能够平稳过渡。"吉师傅抿了一口酒，有一丝担忧。

一周后，单位开了动员会，要求机关大院的住户率先清理，住在"快活岭"的职工要尽快搬走。

半年后，我在报纸上看到一条消息：清拆工作提前结束，1100多户厂内住户全部顺利清出。

清拆结束后，大家看到了一个不一样的湘钢：说了算，定了办。

从此，"快活岭"慢慢淡出了人们的记忆。

四十多年头一回

这天交接班会后，大家讨论进厂玩耍的小孩子比较多，有担心出事的，也有提醒小孩子一定要管好的，更多的，是湘钢厂区一定要实现封闭管理的呼声。

老周有个同乡在公司机关工作。他说："大家晓得，湘钢从建厂以来就没有完整的生产区围墙，一直处于城乡交接、工农混居、生产区与生活区犬牙交错的状况。虽然去年下半年以来修建了生产区大围墙，但还是有十多个口子没能封闭，而且几个厂门基本属于敞开式管理，厂外的人进出湘钢就像走大马路，偷盗事件、安全事故也多。再不进行封闭管理，禁止外来人员随意出入，确实说不过去了。"他还列举了一组数据：1999年厂内发生铁路交通事故32起，其中26起涉及厂外人员。更为严重的是，这种混乱状况成为企业财产大量被盗和流失的巨大伤口。1998 和 1999 年，公安机关破获刑事案件 171 起，涉案总价值 280 多万元。这些案件，多数与厂区管理不严有关。

"有的人非常嚣张，甚至大白天也肩扛手提，明目张胆地从厂里将废钢拿回家去，"张师傅接过话题，说，"南门外有个伢子讲过，家里要用钱了，就进湘钢厂区走一遭，看到什么搞什么，只要值钱就行。这不是明抢嘛。"说到这，张师傅有点气愤。

2000 年 10 月 20 日，公司职工民主议事会全票通过《湘钢关于对生产区实施封闭管理的决定（草案）》。

2001 年 6 月 1 日，湘钢正式实施封闭管理，进入厂区的职工必须佩戴出入证，没有佩戴出入证的职工和没戴临时出入证的外来人员不得进入厂区。这是湘钢建厂 40 多年来第一次全面实施出入证制。

厂区亮起了红绿灯

2018 年 2 月 25 日，春节后第一个星期天，天气晴朗。退休多年的吉师傅突然打来电话："小王，湘钢要搬走啊？"

吉师傅的话没头没脑，一下把我问蒙了。他说他在犁头嘴江边烧烤，听旁边烧烤摊的人在议论这事。出于好奇，也是因为好久没看到吉师傅，于是我问他要了定位，决定过去见一面。

开车三十多分钟就到吉师傅的所在地了。这是一个生态游乐基地，位于涟水河出口，左侧是湘江，江对岸便是厂房高大的湘钢。

"在这个地方休闲，风景确实好，还能看到湘钢。"吉师傅说。

他的样子没什么变化，还是那个胖乎乎的体态，声音洪亮。不同的是，他已经儿孙满堂。烧烤架边，都是儿孙们在忙碌，他不再需要做饭了。

"就是他们！"吉师傅抬手翘起大拇指，朝身后指了指。

我顺着他的肩头看过去，两米之外的烧烤摊上，六七个青年男女正在热烈讨论。其中一个男声底气十足，不疾不徐："党的十九大提出，要坚决打好污染防治攻坚战。国家成立了中央生态环境保护督察工作领导小组，各省市两级政府也明确了要打好蓝天保卫战的目标。你们看，湘钢那么多烟囱，白烟天天有，黑烟时常冒，有时还出红烟。我听说了，有人已经明确提出想让湘钢搬走。"

一个女的插话："环保志愿者盯上湘钢了，每天都在窑湾至犁头嘴的江边上巡守蹲拍。有志愿者甚至跟堤下村民说，希望晚上也帮助监视，一旦发现异常，就打电话通知他们。看来，湘钢难逃一劫。"

听到这里，我明白了。想起公司早前出台的《湘钢大气污染防治三年行动计划及中长期规划》以及近年来在环保工作上的进步，我跟吉师傅讲了湘钢治理大气污染的显著进步，说："没事，湘钢不会搬。"

三天后，负责公司舆情管理的邓哥叫苦连天："天天都有环保舆情，有时一天好几起，不是说湘钢这里冒烟，就是那里冒烟，也不知道他们从哪里拍到的照片。"我想起三天前的事，给他出了个主意："你去江对岸的河堤上看看，也许会有收获。"

下午快下班时，邓哥回来了。他说："原来他们是在江对岸拍的。还不止一个，今天就碰见了三个，每隔三四百米就有一个，都是环保志愿者。我问了堤下的一户人家，说是最近几个月几乎每天有人来拍，有时一天三四个。"

"他们这样搞，真的烦不胜烦。"邓哥有点烦躁，但更多的是无奈。

"苍蝇不叮无缝的蛋。如果湘钢环保搞得好，这些志愿者就不会来烦。我觉得，首先还是要把我们自身的环保工作做好，对于湘钢职工和周边居民都有好处。再者，与其将这些志愿者拒之于千里之外，还不如打开大门，与他们交朋友，请他们进来监督，一起来做好湘钢的环保工作。"一旁小胡的话，得到大家的赞同。

几天后，江对岸的堤上出现了一道新风景，穿蓝色工装的湘钢环保人员与志愿者们一起巡视，一起拍摄，相互交流。

3月6日，中共湘潭市委书记率领全市重点项目观摩团来湘钢，参观不久前启动的湘钢大气污染治理首批11项工程，以及后续厂区绿化、靓化工程，这些项目的总投资超过10亿元。

3月19日，公司召开办公会，通报湘钢有史以来最为严峻的环保压力，提出了"厂区就是城区"的理念。这个会议，如同春雷一样，催化了洗涤湘钢"傻大黑粗"形象的春雨。

10月18日，湘钢60周年厂庆。吉师傅沿着钢城大道步行入厂，看到厂区里面有个红绿灯，大为惊讶："厂区也有红绿灯？"我告诉他："是的，现在入厂的车辆越来越多了，这个路口是交通要道，必须保障来往车辆安全顺畅地通行。"

吉师傅抬头看了看浓密的法国梧桐枝叶间银亮的空中管道，又低头瞧了瞧脚下崭新而宽阔的柏油马路，蹲下身子，伸出手使劲在路面揩了一下。看着仍然干净的手指，吉师傅脸上绽开了笑容，说："厂区就是城区，湘钢环境变化真大呀。"

"开放日"的惊讶

无疑，2018 年是个重要年份。这一年，湘钢化环保压力为生态建设动力，大幅改善了厂区内的工作环境。以厂庆 60 周年为契机，展示了新的发展成就，也建立了向社会大众开放参观的自信。

2019 年 7 月 27 日，经过大半年的酝酿和准备，湘钢邀请 36 位市人大代表来公司参观，体验"企业开放日"。置身园林般的生产厂区、现代化的生产现场，代表们都十分惊讶。"没想到，湘钢生产现场这么干净！""湘钢跟我们想象中的完全不同，环境很好！""零距离感受现代化绿色化的钢铁是怎样炼成的，太震撼了！"赞誉之声不绝于耳。

"小王，听说湘钢搞得蛮好哒，能不能带我进去看看啊！"吉师傅打来电话，询问"企业开放日"的事。我告诉他，通过微信报名即可。

8 月 24 日，吉师傅等 50 人通过微信报名，成为湘钢"企业开放日"真正意义上的首批游客，兴致勃勃地参观了湘钢展厅、炼铁厂 1 号高炉、高线厂大盘卷生产线、五米宽厚板厂轧钢生产线等景点。

穿过绿树成荫的钢城大道，赏过风姿摇曳的柳色荷塘，走进宽敞明亮的控制大厅，看到一块块显示屏组成的大墙，听着讲解员柔美的声音，游客们目不转睛，惊叹不已。"想不到湘钢这么漂亮、先进！""以前湘钢不准我们进来，生怕拍这拍那。现在不仅主动请进来，还让大家拍摄，确实变化大啊！"

吉师傅对湘钢并不陌生，然而在 1 号高炉，一个他曾经熟悉的位置，不免大为惊讶："这里原来是快活岭啊，现在是这么先进的高炉！"

让吉师傅想不到的是，湘钢的发展速度比他想象的更快。这

昔日"快活岭"，今日一高炉

年年底，湘钢提出了建设企业文化园、朝着 AAA 级旅游景区迈进的目标。

工业旅游"新名片"

2021 年元旦刚过，老吴就接到单位电话，叫他去趟领导办公室。

敲开门，领导正在等他。刚想请示有什么事，话还没出口，领导就先开口了："老吴，事情非常重要。公司定下来了，决定启动湘钢文化园 AAA 级景区和工业旅游申报工作。我们想让你专职参与此项工作。"

"这是好事啊！早就该办了。这几年公司投入近 40 亿元推进环保提质、城企融合，打造了实景观光通道 5 条、景观点 8 处、参观点 12 个，基本形成了厂在林中、路在绿中、人在景中的生

湘钢奋斗者主题文化园

态格局，企业环境发生了翻天覆地的变化。现在，前来参观的人非常多，说明湘钢进步非常大，我们有自信。前年底公司就提出向 AAA 级景区迈进，可惜，硬生生被新型冠状病毒肺炎疫情耽误了一年……"老吴一听来了劲，不等领导把话讲完，立马认领了任务。

"打造工业旅游景区可不是那么容易的事，去年'新冠'暴发后，虽然耽误了一些工作，但公司环保和生态建设一点也没落下，得到了大幅提升，倒是给申报工业旅游景区提供了更多的硬件成果。"领导还举了几个例子，如 5G 应用、远程操控、智慧工厂等，可以让游客感受到钢铁工业的巨大进步。

老吴接受任务后，把这个好消息告诉了我，我又告诉了吉师傅。吉师傅激动地说："好啊，好啊，真想不到……"电话那头，他的声音有些颤抖。

4 月 1 日，公司召开创建国家 AAA 级旅游景区和湖南省工业旅游示范点动员大会。会后老吴告诉我，当初他去找省市文旅部门时，人家感到惊讶：黑不拉几的钢厂申报景区，开什么玩笑啊！后来，到湘钢考察了几次，根本不敢相信，眼前所见居然就是印象中"傻大黑粗"的钢厂！眼见湘钢建设得这么好，他们热情地派出专家到湘钢指导。

半年后，湘钢先后迎来了省级工业旅游示范点和国家 AAA 级旅游景区的现场评审。专家们进入生态园林式的工厂，看到蓝领工人坐在科幻般的大厅里远程操控生产设备，看到锦鲤在柳枝下翻波逐浪，看到厂区广场内栩栩如生的工作雕像，惊叹不已，"太先进了！""太漂亮了！"一位专家在评审会上感叹地说："窑湾与湘钢仅一江之隔。之前，湘潭市打造窑湾历史文化景区的时候，我就极力建议，湘钢必须搬走。现在看来，现代化、生态化的湘钢工业景区同样珍贵，正好与窑湾遥相呼应。"

2021 年底，湘钢顺利地捧回了"省级工业旅游示范点"和"国家 AAA 级旅游景区"两块牌匾。老吴悄悄告诉我："其实，公

市民游览中水回用景点

司是按照 AAAA 景区的标准打造的，但为稳妥起见，我们先申报 AAA 级景区，下一步，就是申报 AAAA 级。"

2023 年 2 月 20 日，厂区南端新增 660 亩征地区域最后一段围墙顺利封闭，至此，建厂 65 年的湘钢正式实现了全封闭管理。站在截断厂区与周边村舍最后通道的那堵水泥墙下，我感慨万千，思绪联翩，想起了过去的艰难岁月，也畅想着更加美好的明天。

9 月，湘钢通过国家文化和旅游部专家评审，成为国家工业旅游示范基地，圆了几代湘钢人的梦想。年底，湘钢提出要擦亮工业旅游"新名片"，创建国家 AAAA 级旅游景区，更激发了全体湘钢人的无尽憧憬。

时间犹如一条长河，静静地流淌，它见证了湘钢的巨变，也将再次见证湘钢的阔步前行。

窗外，广玉兰开得正盛，洁白的花朵纤尘不染，早先下过的雨还挂在花瓣上，晶莹剔透亮闪闪，把高高低低的厂房映衬成一幅清雅秀丽的水墨画。

（文字编辑：王文新）

奋斗，为了更好

我的"大咖"师父

欧勇

　　"你们看，那不是艾劳模吗？他过来了，大家打个招呼。不用紧张，他很随和的。"湘钢技校焊工班的班主任陈老师指着前边，我们几个来实习的学生既紧张又兴奋，怯怯地喊了声："艾劳模好。"艾劳模满脸是笑："来了这么多小伙子学焊工啊！好好学，将来一定有出息。"

　　那天是 1996 年的正月十七，下着小雨。原本我们是到建安公司管道队办公室的走廊避雨，却成为我与师父的第一次相逢。

　　我的养父母都是湘钢职工，常听他们提起艾爱国劳模，说他是一位了不起的人物。那时，我刚从农村来到城市，并不觉得他会跟自己有什么关联，满心想的，是能找份正式工作。

我的"作品"被师父砸了

　　考入湘钢技校，我首先面临的就是工种选择：炼钢、连铸、压力加工，还有焊工。前三个工种的工资都比焊工高，而焊工全靠手工操作，不仅干活累，工作条件也比较艰苦。

　　不过我琢磨，车钳铆电焊是通用工种，学好焊工这门手艺，将来到哪都不愁找不到事做。我有这种想法，应当是受到父亲的影响。父亲是修钟表的，干的也是技术活。他说，手上功夫学好了，能受用一辈子。于是，我报了焊工班。怎么也没想到，这一选择，将使我与艾劳模产生紧密交集。

湘钢技校为三年制，学生在校学习和下厂实习的时间各占一半。我们4个同学被分配到建安公司管道队管道班实习，班长正是艾劳模。

我们这几个农村来的孩子，不想被人家小瞧，学技术的劲头特别足。刚开始那些日子，班组工人都干活去了，我们按照学校和师傅们教的操作要领，守着几块废旧钢板，不停地焊接啊、切割啊，经常连下班时间也忘记了。

师父他们从现场回来，肩头挂一捆氧气和乙炔胶管，手上提着焊枪和氧气表，由于长期高温灼烤，都是一脸的红。师父看见我们几个学生伢子练得这么投入，便把干活的工具放好，拎个防护面罩，凑过来蹲在旁边观察，不时地指点——这个地方电流没调好；

师父传授氩弧焊技术

奋斗，为了更好

师父带我检测焊件

电弧长了，要压低一点；焊缝直线不准，宽窄不一致……他发现实习生们还是不得要领，干脆手把手一个一个地教，教会了这个，又去教那个。

同事们在那边招呼师父："艾劳模，都这个时候了，洗澡去吧，要回家吃饭，走了走了。"师父头也不抬地答应："你们先去吧，我这还有点事儿。"金属熔融、焊接燃烧和切割烟尘混合着汗味的气息，从他被汗水浸透的工装散发出来。这一刻我意识到，当焊工，不容易。

过两天，我们几个实习生下班时在更衣室，提起技校焊工班一位姓赵的同学，说他的焊缝很漂亮，咱们就是比不上。我说："他是人，我们也是人；他能焊得好，我们为什么焊不好？只要刻苦多练，总有一天会跟他差不多。"这时候，从里面隔间出来一个人，正是师父。他也在换衣服，听见我们说话，夸奖我道："年轻人就是要有这种样子，不服输。"

师父的早餐通常很简单：塑料袋里装两根油条，加上一包豆浆。他和同事们蹲在阴凉的墙角吃着，商量当天的工作任务，也聊生活中的趣闻轶事，这是师父特别放松的时刻。吃完，有人说一句"干活去喽"，一家伙，都走了。师父戴的帽子有点古怪，安全帽上再套个草帽圈，方便露天作业遮挡烈日。

我第一次焊接钢板，正欣赏自己好不容易完成的"作品"，师父过来仔细瞧了瞧，抢起大锤，"砰"地一声，将我的"作品"砸断了。他严肃地说："不合格，重焊！"就这样，焊完，砸断；再焊完，再砸断……焊到最后，我有些受不了。我不理解：师父今天为什么这样严厉？

师父叹口气，拉我坐到一旁，说："欧勇啊，一砸就断，说明是虚焊，根本受不得力，要是拼装到结构件上，那就是定时炸弹。"他怕我的理解还不够深刻，又加重语气说道，"你看那些桥梁、钢结构建筑、水电工程、能源存储和输送管道，都需要大量的焊接拼装，使用寿命漫长。关系到百年大计的工程，不能因为焊缝留下隐患，导致将来哪一天出现重大事故。'责任重于泰山'，对我们焊工来说，每一道焊缝都要经得起时间检验。即便多少年后它们被拆除，焊缝还必须是好好的。"

内疚——师父被摔到沟里

1996 年底，一炼钢厂需要从湘钢技校焊工班招两个焊工提前顶岗。我正在管道队实习，还有半年才正式毕业，想报名应聘，班主任老师和师父都支持。从此，我到一炼钢厂上班的同时，还要回管道队继续实习。

奋斗，为了更好

因为单位工作忙，难免会有耽误实习的情况，为了给我补课，师父不知牺牲多少休息时间。有时候，他换好衣服准备回家了，见我急匆匆地赶过来，便又穿上工装，带我来到焊机前仔细讲解。不知不觉，下班时间已经过去很久，"欧勇啊，熔池控制这一块内容，都理解了吗？"见我点头，他开心地笑起来："走，到我家吃晚饭去。"我不好意思给他添麻烦，师父说不麻烦，就是下碗面条。

师父所在管道队的工作性质比较流动，需要在湘钢各个生产现场到处跑。他们到一炼钢厂检修设备时，我老远望见师父的身影，跑过去拉着他的手，高兴得像个孩子，师父笑得格外慈祥。师父干活时我就抽空过去，他会把各种材质的焊接要领传授给我。

那天，我用脚踏三轮车帮师父把焊接器材从管道队运往现场。我在前边骑，师父坐在车厢右侧的边架上。我头一次骑这种前三轮车，感觉不好掌控，车龙头晃晃悠悠地老是跑偏。遇到一个左转弯，紧接着又是上坡，我猛踩脚踏板加速冲坡。由于惯性作用，左拐弯时三轮车使劲往右甩。师父正坐在右边，车子重心失衡，一家伙侧翻在地，把师父给摔到路旁沟里。我慌了神，赶紧下车扶师父上来，还好沟里没水。他拍了拍身上泥土，一句抱怨也没说，和我把掉落的器材放回车上，挥挥手让我继续骑，他在后面推车上坡。

1999年，湘钢淘汰平炉，上了转炉，一炼钢厂撤销，人员分流。以我的条件，完全有机会分配到收入高的主体单位，但我却报名去了收入要少一大截的动力厂。人家说欧勇有点犯傻，可他们哪知道我的小心思呢。动力厂离我师父近，直线距离也就300来米吧，我经常去找他，这样才方便。

后来，我参加技术比武，需要108毫米×8毫米的钢管，用作焊接练习。这种规格的钢管动力厂找不到，我记得师父那里有，骑上电动车就过去了。他停下手里的事情，带我到放材料的地方，发现我需要的钢管被压在一堆钢管的最下面，师父便和我一人一头，把上面的钢管一根一根地搬开。刚抬起要找的那根管子，忽然有条角钢跟着弹起来，从师父后背划过去，把工装撕开一道直角形的口子。师父皱一下眉，肯定感到了疼痛——那是夏天，里边没有别的衣服。我担心地问："师父，背上出血了吧？"他摇摇头："不会的。"找出钢管后，师父向我叮嘱一番技术比武的注意细节，又接着干他的活去了。

约好时间打电话

2005 年，中国人民解放军海军面向地方非军事企业招收技术士官，技师的年龄可以放宽到 27 岁。我刚好前一年拿到技师资格证，且没有超过年龄线。这个年纪还有机会参军，让我有点激动。问题是，工资待遇不高，比我当时的大概少一半。

我去征求师父的意见，他说："欧勇啊，这点事儿你还纠结个啥。要是真能到部队上，那该多光荣。为国防事业作贡献，钱哪怕少点，也值得！"于是，我就参军了，在部队从事大型设备和舰艇的焊接与维修工作。

军用装备所用金属材料，和我们平时接触到的有很大差异，许多焊接难题我以前从来没有遇到过，以我的技术储备，并不都能应对下来。但不要紧，我有靠山啊，就是师父。虽然他不可能千里迢迢地赶过来，但我可以给师父打电话呀！

那个年代，手机还没普及，我联系师父必须打长途电话。电话打到管道队办公室，麻烦他们去喊我师父。过了一会儿，人家回复："艾劳模没在，干活去了。"有时候，师父气喘吁吁地跑来接电话，我就跟他说遇到什么什么技术难题。师父问得很仔细，帮我分析，提出他的解决方案。

有些情况下，师父一时也没想清楚，就说："这个问题我要查找资料，好好琢磨一下。这样吧，咱们约个时间，你打电话过来，我在电话机这儿等你。"师父打电话是找不着我的，而每当我要找师父，他总是守在电话机旁等我。不记得打过多少次这样的电话，师父帮我解决了多少在部队上遇到的焊接难题。

2007年底退役复员，我选择回到湘钢。因为我是湘钢培养的，特别认同这里的奋斗文化，曾被评为公司"十佳青年"。更直接的原因，是我舍不得离开师父。

难忘的六天六夜

作为全球最大的宽厚板制造基地，湘钢投资1000多万元，于2008年建立焊接实验室，由我师父主持焊接实验操作。公司用我师父的名字，把实验室命名为"大师工作室"。后来，这个实验室被列为湖南省焊接工艺技术重点实验室，被全国总工会授予"全国示范性劳模创新工作室"。

我接到调令，立即前往实验室报到。我明白，这是师父在召唤，让我跟他一起干！一想到能和师父同在一个工作团队，从此朝夕相处，我兴奋得夜里睡不着。

师父65岁那年正式退休，公司返聘他担任湘钢焊接顾问。我接师父的班，受聘为湘钢焊工首席技师。跟随师父多年使我懂得，首席技师不光是专业技能带头人，更要有大的担当。

2023年7月24日下午5点多，我和同事走出无锡硕放机场，

师父观察轧机牌坊裂纹

赶往江阴一家重工企业，帮助他们掌握湘钢板材的焊接性能和操作要领。路上，接到厂里打来的紧急电话，我大吃一惊：湘钢一台主力轧机，点检时在牌坊过渡弧 R 角部位发现裂纹，严重威胁轧机生产，公司领导、技术专家和我师父他们都去现场看过了，让我尽快返回。

我刚回到厂里，师父立即带我参加公司组织的技术专题会，讨论处置方案。轧机制造方也火速派来了专家组。牌坊裂纹持续扩大，开始是以每天零点几毫米、1 毫米的速率，后来加快到 1 毫米以上，而且，4 个巨大的分牌坊，有 3 个发现了裂纹。形势紧张得让人冒汗！

制造方专家组提供了两个处置方案：一个是制造新牌坊，整体更换。这个方案耗费资金巨大不说，制作周期也很漫长，远水解不了近渴，而且，安装时还可能遇到部件形变等不确定因素。实施第二个方案，虽然可以勉强维持生产，但轧制力将大幅下降，许多高端品种的生产能力无疑要被阉割，湘钢承接的那些世界级工程、国家超级工程供货订单将无法完成，影响太大了。两个方案都不理想，会议室里气氛凝重。

这个时候，师父发言了，他提出了第三个方案：对牌坊裂纹实施在线焊补！制造方专家听了师父的方案当即表示，这么关键的大型设备在线焊补，国内没有先例，他们不建议采用。师父态度坚决："根据对牌坊铸钢材质的仔细研究，在线焊补有充分把握！"

公司经过慎重的可行性论证，决定采用第三个方案，这是对我师父寄予多么大的信任啊！但这也意味着，师父把大山一样的责任，扛在了自己肩上。

我们平时所说的项目攻关，是允许试错、允许失败的，而这次根本没有退路。不过，我了解师父，这种紧要关头，他根本不会考虑个人的名誉得失。我也更加深刻地领悟，师父为什么会被授予"七一勋章"这样崇高的荣誉。授勋仪式上，习近平总书记语重心长地对他说："国家需要你这样的人，大国工匠！"我的师父，德艺双馨。

确定牌坊裂纹焊补工艺方案后，从工程技术公司抽调 12 名优秀焊工执行操作。他们都是师父的徒弟，这正如那句老话："打虎亲兄弟，上阵父子兵。"

师父问我："欧勇啊，工艺方案一定要完善周密，万无一失，你再看看，还有哪些需要补充的细节。"我心头一热，那感觉就像孩子长大成人，父母也需要听取他们的想法一样，如今，我也终于能够为师父分担一些压力了。望着师父疲惫的面容，我差点掉下眼泪。

师父已经 73 岁，不可能还像当年那样，连续奋战许多天不含糊，但他是我们这些徒弟的旗帜和灵魂，带领大家冲锋陷阵。我说："师父，有您坐镇指挥，没问题！"师父带着我，把焊接工艺方案和实际操作中可能遇到的问题，向全体参战焊工一拨一拨地讲解交底。

8月6日，抢修队伍进场，24小时连续作业，每90分钟换一拨人，歇人不歇机。高高的作业平台，师父爬上爬下，加热设备、气刨、打磨、风压调节，每个环节他都要落实到位；每个人的焊接手法是否正确，电流、电压和温度是否出现偏差，他都要亲自盯着才放心；谁焊的哪几道焊缝，层次分布，当时的温度，师父都要做出标记，以便追溯。有的焊工为了加快进度而把电流调大，这样很容易造成熔池咬边、金属组织晶粒粗大，还会形成焊瘤。师父发现后严厉制止，强调严格遵循工艺操作参数，绝不能留下隐患。

头两天，师父指挥的声音还比较洪亮，到了第三天，他的嗓子已经嘶哑得说不出话。无论我们怎么劝，他夜里都不肯回家，就在旁边会议室的长椅上坐着，累了就躺下打个盹。后来，我们给师父弄来一张行军床，总算能睡得舒服点。酷暑高温，他和大家一样，好几天顾不上洗澡，一日三餐吃盒饭。单位党委罗书记还因此把我批评一顿："这么长时间了，劳模休息不好，要是身体累垮了，怎么办？"直到第四天晚上，眼见焊补作业进展顺利，师父这才回家洗个澡，睡上一觉，又精神抖擞地赶回现场。

整整六天六夜，师父带着我们，面对碳弧气刨升温对裂纹扩展的影响，迅速优化调整工艺方案；在裂纹清除、焊补操作、消除应力时严格控制温度，防止待焊部位附近的超级螺栓发生形状和性能改变。

六天六夜，随时可能遭遇意外困难，必须果断而正确地应对；每一分钟都像大河之上走钢丝，容不得半点闪失；再热再累也要打

奋斗，为了更好

起精神，超长时间的焊接操作，最考验意志。

六天六夜，裂纹焊补全部完成，检测全部合格。牌坊开始降温。按照常规，降到常温之后还需要至少七天的时效期。然而，这条轧制线每停产一天，都是惊人的效益流失；更有用户的交货催单，十万火急。当牌坊降到80℃，师父征求我们大家的意见后，确定地说："轧机可以开轧！"

板坯，红光四射，轰隆隆地从加热炉奔出，经高压水除鳞洗礼，进入粗轧机、精轧机，轧制线一派云蒸霞蔚。大工业的壮观场景，让人心生感动。我对师父说："今天厂房里的灯光，感觉亮堂多了。"他笑着回答："这是明摆着的，前些天停产了嘛。你看，那些钢坯、钢板一个接一个，都跟小太阳似的，当然亮堂！"

我一高兴，搂住他的肩膀："师父，就是师父！"

（整理：时代　文字编辑：胡佩生）

激动人心的三十天

范明

伴随凌晨的钟声，我的电话也准时响起。电话那头是武船的吴首席，每年大年初一，他都会送来祝福。我们是忘年交，习惯性地相互表达诚挚的谢意，从个人的工作成绩，到公司发展，再到合作项目，在交流中开启新年的新氛围。

最让我们自豪的，是双方在武汉杨泗港长江大桥项目上的合作。这是武汉市长江上的第十座桥梁，设计为双层公路桥，一跨过江，最大跨度1700米，为世界跨度最大的悬索桥。由于跨幅太大，加上风向和重车运营等影响，对桥面、主跨材料的要求极高，特别是屈强比和低温冲击性能这些重要技术指标，要求更为严苛。该项目被称为桥梁钢领域的璀璨明珠，一点也不为过。

正因为项目的难度之大，湘钢与武船总公司的合作才成为一段佳话。

三个月的承诺

这些年来，湘钢倡导"技术先行，提前介入"的市场开发策略，科研、生产技术人员和销售人员一起跑市场，打破部门壁垒，真正形成了"销售学技术，技术懂市场"的双赢局面，与越来越多

奋斗，为了更好

讨论杨泗港大桥钢板质量计划

的客户形成了战略合作关系。这样，当客户遇到重点难点项目时，会主动选择与湘钢合作，共同开发，共担风险，实现良性互动。

接到这座大桥项目后，武船技术研究所主动与湘钢科技质量部的技术专家进行交流。这个项目对于他们来说也极具挑战性，除了屈强比和低温冲击要求极高以外，项目还要求焊缝的韧强比数据相对同类型项目提高 32%。不仅如此，整座大桥的桥梁钢共需 4 万多吨，而交货期却仅有一年。

湘钢与武船是合作多年的老朋友，项目合作敲定后，生产研发立即进入正题。我们迅速召集技术质量部、生产部和两个宽厚板厂开会，疏通内部环节，确定研发方案，通过绿色通道优先完成了焊评板的试制。我们向客户作出明确承诺：一个月内送焊评板样品，前三个月交付 3000 吨焊评板，六个月内交付 1.5 万吨板材，后半年交付 2.5 万吨板材。

对于宽厚板生产技术来说，屈强比和低温冲击性能是矛与盾的关系，尽管生产过程中单独控制这些指标的手段有很多，可要同时满足这两个技术参数要求就会有极大难度。团队成员仔细分析技术条款后认为，从产品结构上看，难度最大的就是生产厚度在 12 到 16 毫米之间、宽度为 4100 毫米系列规格的产品。

在征得客户同意后，我们确定了焊评板的尺寸规格，并承诺按以下时间节点提供焊评板：第一个月完成宽度在 3800 毫米以内规格的交货，第二个月完成宽度在 3800 毫米以上规格的交货，第三个月完成超宽超薄产品的批量供货。

全部命中

生产任务下达后，宽厚板技术研发团队首先行动起来。在科研大楼 411 室，我和这个项目的集成产品研发（IPD）伙伴们开始了连续多个通宵的工作。由于技术难度大，交货时间紧，我们必须从理论消化、数据统计和成分、轧制参数、性能比对等方面通盘考虑。"差之毫厘，谬以千里"，一旦技术方案出现偏差，项目研发与交货就可能会遭受灾难性打击。

夜深了，每个人神经都绷得紧紧的，没有半点睡意。每天早上项目组都要开碰头会，每个人在前一天晚上都必须取得阶段性的成果。

"从目前同级别板材产品合格率来看，单项指标的合格率在 80% 左右，综合指标合格率不足 55%，这个骨头真难啃啊……"研发工程师陈工的一句话，让大家的心顿时凉了半截。

"控制屈强比的手段，主要从组织类型、晶粒度和强化机制考虑；而提高冲击性能，则主要从晶粒度和软硬相比例着手。从理论上说，两者是对立的，若要并存，那就要找到平衡点。办法还是有的，大家再加把劲，首先确定方向，然后从工艺窗口摸索出最佳路径，最后优化合格率。"IPD 项目负责人熊经理提出自己的看法。

"熊经理说得对，找到突破口最重要。我们要从禁锢圈里跳出来，否则只能在原地转圈圈。"技术专家李工说。

到了第三天凌晨 4 点，各项分析还是进展不大，工作陷入僵局。生产部前两天已经按采购计划做了预排产，当天正好有合适的冶炼浇次。如果技术方案出不来，冶炼计划就只能推迟到下周，那么，第一个月的交货期就会被迫推迟。

新一天的太阳升起，但整个办公室却一片寂静。如果早上 8 点之前初步实施方案还没有确定，就只能延迟交货期。可这样一来，失去的将不仅仅是客户的信任，还有市场声誉……想到这些，大家的心情开始紧张起来。

我们抓紧时间把做了调整核心元素成分的生产样品送去检测，希望能抓住最后的"救命稻草"。当检测报告单出来后，我们都长出了一口气！报告单显示：这个元素与屈强比的正相关性非常强，只要合理控制元素含量，同时满足轧制工艺窄窗口控制要求，就可以同时做到超低屈强比和高冲击性能的完美匹配！

"太好了，大家到会议室集合，一起确定方案。"熊经理说道。

经过 5 天的酝酿，第一版试验方案顺利到达现场，比节点时间提前了 3 天！

"第一步迈出去了，就成功了一大半！大家再加把劲，争取早日完成焊评板的交付！"熊经理看着大家疲惫的神情，及时鼓劲加油。

晚上 9 点，项目的焊评板炼钢浇次按期开炼，上至生产厂长，下至操作人员，都守在生产现场。

"这个品种非常重要，各工序要按既定方案严格执行。如有异常，立即汇报及时处理！几个关键控制点一定要注意，各工序有没有问题？"调度室王主任再一次强调工艺的严肃性。

"转炉收到，没有问题！"

"精炼收到，没有问题！"

"连铸收到，没有问题！"

炼钢控制室内人头攒动，各工序严阵以待，忙而不乱。室外钢花飞溅，室内激情澎湃。转炉工位上一炉炉钢水往后道工序输送，就像一列列威武的士兵奔赴前线。

"转炉出钢正常！"

"精炼钢包炉生产正常！"

"连铸生产正常！"

"人心齐，泰山移"。湘钢人的团结奋斗，在这个夜晚体现得淋漓尽致。从岗位操作人员到技术管理人员，一个个都像拧紧的发条，活力爆棚。大家拼出了精气神，也拼出了好成绩。经过一夜奋战，该浇次共冶炼 6 炉杨泗港桥用钢，工艺全部命中，成分全部命中！

给吴首席吃颗定心丸

第六天早上 6 点，在五米轧钢调度室，大桥第一批次轧钢碰头会紧急召开。这次计划试制 5 块钢板，厚度规格从 12 毫米到 20 毫米，宽度从 2500 毫米至 4100 毫米。只要这些规格的产品成功生产出来，其他规格自然是手到擒来。

由于第二阶段轧制温度的控制窗口太窄，轧制节奏很难把握，而且屈强比保持在 0.80 以内是轧制工艺的最高要求。为了确保首次轧制成功，调度室的解主任代表轧制车间立下军令状。

　　"粗轧把扭矩放开，最后三道平均压下率要保证在 20% 以上，后面 4 米的宽板也是一样！精轧控制终轧温度波动不能超过 20℃……"

　　"粗轧收到！"

　　"精轧收到！"

　　"热矫收到！"

　　凌晨两点，物理检测室。大家紧张地守在拉伸机旁，焦急地等待着。

　　"出来了，出来了，快看拉伸结果！"物理室检测人员说。

　　"0.76，0.78……"我一边算，一边嘀咕，"看来宽板子的尾部屈强比还是不行！"

　　第七天早上 8 点，科研大楼 413 室。

　　"昨天的结果大家看一下，轧了 5 块，前面 4 块屈强比稳定，冲击值合格但是踩边，第五块尾部屈强比还是超标了，而且冲击值还不合格！"我把试制的性能结果简单地汇报了一下。

　　"屈强比和冲击是矛盾的，这个工艺还是不稳定啊，看来成分还得调。"陈工提出自己的顾虑。

　　"别急于调成分，这是经过统计分析过的，一定是有哪个环节被我们忽视了！"李工看了看结果，认真地说。

　　"把金相、工艺数据与试制结果做一张对应表出来，看能不能找出一些规律。"熊经理提醒。

　　"金相还是比较典型，冲击不合晶粒度粗大，中心偏析地带出现粗大板状贝氏体。"项目组长史主任一眼就看出真正的问题所在。

"从轧制参数来看，虽然宽板和窄板开轧温度一样，但是宽板道次多，终轧温度还是低了。这样分析的话，窄板子要优化冲击性能，工艺窗口控制起来难度更大了……"我也说了自己的观点。

气氛一下子紧张起来。大家也担忧过工艺窗口的问题，如果这么窄的话，合格率得不到保证，会出现系统性风险。这个时候需要寻找其他的工艺突破口，在不影响可操作性窗口的条件下，优化屈强比和冲击的匹配。

大家陷入沉思……

"就目前状况来看，困难比想象的要大。除了轧制和冷却方面，大家看看还有没有其他突破口？"熊经理提出一个改进的方向。

"加热！可以从加热的角度想想办法。"李工想了想说，"还记得大壁厚管线钢落锤性能是怎么攻克的吗？这个冲击跟落锤性能应该是类似的，都是钢材韧性的一个综合指标。"

"有道理，我怎么把这个忽视了！李工，你简直是指路明灯啊！这次杨泗港桥板前后都是普通材，炉膛加热温度都在1250℃以上，不仅会衍生出粗大的珠光体组织，还会促进芯部板贝出现！"我激动地说。

"对啊！这个加热工艺确实可以优化，不仅不会影响轧制窗口，如果控制得好，还可以扩大工艺窗口。范工，赶紧做几套热模拟样，测试一下大桥钢板的奥氏体化的晶粒粗化温度。"

"好的，熊经理！"有了思路，我急匆匆地奔赴加工厂。

晚上10点，五米宽厚板厂办公楼503室。

我们通过热模拟试验，发现加热温度高于1220℃时，奥氏体晶粒粗化明显，对异常组织的形成有促进作用。

早上8点，五米板厂轧钢工程师彭工早早守在加热炉旁，监

奋斗，为了更好

督执行新的工艺要求。低温烧钢对加热炉操作要求很高，不仅要时刻控制煤气用量，还要保证钢坯温度均匀，每个加热段的温度配置都要提前计划。

"二加的下煤气阀开到40%，煤气给太多了，温度容易超。"彭工盯着一级系统，嘱咐操作工老田。

"好的，彭工！放心，一定严格按工艺要求控制。"老田干这行三十多年了，各种加热要求都见过，经验也很丰富，但是这低温烧钢还是见得少，今天特别谨慎。

"来，彭工！给你带了早餐，知道你小子估计没吃早饭就跑来了。"我与彭工也是老搭档，顺便给他带了点吃的。

"老田！加热盯住啊，今天能不能成功就靠你了。"我又对老田叮嘱了一声。

"知道，范工！我是人老手不老，放心！"老田答道。

此时下道工序的粗轧，也开始聚集了管理和技术人员。技术人员直接跟岗位人员就压下参数进行交流："把道次表赶紧模拟计算一下，能降到20%不？"

"4米宽度以内没问题，4米以上的在18%左右，你看行不？"

"我看看啊，你把4米宽的改横轧，把扭矩放到4000毫米再试试。"李工提了个方案。

"可以了，还是李工厉害。"

辊道前方就是精轧区域，此时刘厂长已坐镇操作台，等待着第一块大桥钢坯的轧制。按第一批交货时间倒推，研发周期只有半个月时间，时间过半，今天这次试轧很重要。如果不理想，很可能会导致焊评板和第一批次产品不能按时到达武船，导致武船的生产节点滞后，进而影响整个项目的工期，这种连锁反应，势必会使湘钢品牌的声誉严重受损。

杨泗港大桥钢板发运

"中间坯 70，粗轧后三道次平均压下 22%。"很快，第一块钢顺着辊道来到精轧机前，一级显示表面温度 1020℃。

一会儿，几块钢就轧完了。这次策划比上次试制更充分，包括在轧辊选用、预矫投入、轧制节奏等方面都做了调整。

"这次宽板均匀性比上次好多了，尾部终轧、终冷温度提起来了，最后一块调整的工艺也命中，今天全看你的……"彭工和我坐在电气室，比对着工艺分析起来。

第九天，早上 7 点。检测人员在加工厂量样，降温、启动设备，娴熟地操作着。不一会儿，熊经理和项目组其他成员都过来了，随着拉伸曲线攀升和冲击机摆锤的锤击，大家心都提到嗓子眼儿了。上午 10 点，所有的试制结果出来了。"屈强比 0.78，0.77，0.76……，冲击 210，223，201……"我在心里默念着数据。

这次试制的结果达到了预期，从数据来看，4 块板屈强比和冲

*奋斗，*为了更好

击匹配都得到了提升。另外，两块宽板的性能表现优异，降低终冷温度的屈强比没有受到影响，而冲击韧性更好。终于，我们可以批量生产供应杨泗港桥的钢板了！

"轧制我来协调，争取 15 号之前全部轧完。后面半个月时间，把焊评板和首批产品全部交完。"确定了结果，刘厂长显得很激动。

武船杨泗港项目组成员正在焦急等待。一方面，该项目对焊缝有严于标准的韧强比要求，必须给他们留足试验的时间。焊评板晚到一天，他们的试焊进度就慢一天。另一方面，项目首批结构件必须在两个月内到达工地，工期相当紧张。可武船吴首席却很乐观，不仅因为我们是他多年的朋友，彼此知根知底，更因为他相信湘钢，相信湘钢的品牌信誉。当年，他们和湘钢合作开发港珠澳大桥用钢时，在项目高标准严要求的情况下，大家一起顶住压力，圆满完成工期任务。最后，武船和湘钢同时受到港珠澳大桥项目部表彰。也是从那时起，武船和湘钢结下了不解之缘。

试制第二轮结果出来当天，我给吴首席吃了颗定心丸：时间节点不变，这个项目我们按时按质交付所有产品！

攻坚战落下帷幕

试生产的产品性能合格，批量生产的号角即将吹响。经过大家通力合作，杨泗港大桥厚板轧制计划安排在第十一天，项目组成员和现场技术人员都摩拳擦掌，准备大干一场。

我很早就到了五米板厂计划室，与计划员小李一起商量如何安排轧制计划。

"小李！这次批量轧制的计划得考虑轧辊公里数和板形问题，

按宽度顺序排产。在宽板轧制之前，你看要不要在中间插个计划换辊，一方面保证加热，一方面保证板形。"我建议道。

"范工，我跟你想的一样！低温烧钢计划排产难度极大，只能插个换辊计划。"小李很无奈地说。

"嗯，是有点难搞，先按这个思路排吧，首批不能再等了。"我说道。

"嗯，好！"小李拿起电话，让板加区准备上料板坯。

这头，彭工和车间技术员也在开碰头会，主要是为轧制的准备工作做好布置。

另一头，调度会议室聚集着轧钢班的白班岗位人员，他们正在学习轧制工艺。

"今天这场攻坚战，大家必须注意控制节奏，轧慢点也要保证温度控制，有任何异常必须及时反馈。"解主任一边强调，一边把工艺要点手册给每人发了一份。

刘厂长和生产室主管、轧钢车间主任都坐镇精轧，管理人员如此重视，岗位人员自然都打起了十二分的精神。

上午10点左右，批量轧制的战斗正式打响。一块块钢坯出炉，粗轧、精轧、快冷、矫直，整个过程一气呵成。岗位之间的无缝对接，那么有节奏、有韵味。现场很紧张，二级岗位不停地计算、修正，一级岗位人员手底下的操作杆摇得快速准确。大家一刻也不敢马虎，聚精会神，精细操作，认真对待每一块钢板的轧制。

四个多小时后，随着最后一块杨泗港桥板缓缓驶出矫直机，这场轰轰烈烈的攻坚战落下了帷幕。大家都会心地笑了起来，期待着后续的检测结果。

第二天，物理检测室紧急对杨泗港桥板的各项性能进行检测，238批，合格235批，一次合格率98.7%！我们长舒一口气，终于成功了！

湘江边，一块块打上湘钢 LOGO 的杨泗港桥板正在紧急装船。

从接到任务，到首批产品全部交货，我们只花了 30 天。这真是激动人心的 30 天啊！ 30 天，项目团队用智慧和汗水合奏了一首"销研产"交响乐；30 天，湘钢再次证明了产品研发的硬实力和按期交付能力。

扬帆再起航，杨泗港桥只是一个开始，后面会有越来越多的项目等待着湘钢人开启。

2023 年国庆节的时候，我带着家人来到杨泗港大桥。站在这金色巨龙之上，我的心情无比激动。傍晚时分，晚霞中的杨泗港长江大桥如苍龙横卧江上，车辆川流不息。在灯光的照射下，大桥优美的弧线形态尽览无遗，夜色中的天堑飞虹壮观、艳丽。恰逢国庆，市民们纷纷挥舞着国旗与大桥合影。

杨泗港大桥实景

回想自杨泗港大桥建成之后的这些时光，湘钢利用自主创新的研发技术，在桥梁结构钢领域取得了一个又一个喜人的成果，连续 7 年在国内桥梁钢市场占有率位居第一，在业内赢得了尊重和话语权。产品应用于澳氹四桥、铜陵长江特大桥、黄河临猗特大桥、金沙江特大桥等国内外重大工程。这些骄人的战绩，与湘钢项目团队的艰辛奋斗密不可分。

（整理：陈润生　文字编辑：王班勇）

奋斗，为了更好

在路上

钟卫萍

　　销售部的春节联欢会，要求全员参加、欢聚一堂，但实际上总是难以做到。在活动现场，部党委左书记的目光扫过各个科室到场的人们，心里默数着缺席人员：谁此刻正从外地匆匆赶回；谁因为春运紧张还没买到车票或机票；谁由于业务需要脱不开身，跟部里说今年春节干脆不回来了；参加联欢的人群里，谁在大年初二就要再次启程。"唉！"活动现场欢声笑语，左书记却暗自叹了口气，心系那些没能参加联欢的同志，"谁让咱们是干销售这一行的呢。"

　　在湘钢干销售，可不是"把货卖出去、把钱收回来"那么简单。在销研产一体化的模式下，销售是"龙头"，与产品研发、生产制造部门协同，按品种分类组建了多个集成产品开发项目团队（IPD），紧密对接国家任务和市场需求。销售人员总是需要频繁往返于许多重大工程的项目指挥部、设计院、建设方和项目现场；同时也需要走访用户企业，细致调研他们对钢铁材料的最新要求，有针对性地开发前沿新产品；快速反应、日夜兼程，为用户提供技术服务，排忧解难。一年 365 天，湘钢的销售人员，很多时间是在路上奔波。

火速、火速！

2019 年 12 月 24 日上午 8 点，广州市某宾馆。

"第 68 项，有吗？"

"有，没问题！"

湘钢"深中通道项目组"的席工，揉了揉挂着黑圈的眼睛，再次与罗主管、小艾一起，对照投标要求逐条逐句地审核由湘钢授权委托联合投标的 A 贸易商制作的标书。12 月 25 日上午 9 点半，"深中通道项目"将在广州公共资源交易中心开标，他们丝毫不敢懈怠。

突然，席工睁大眼睛，再次将标书拿起来凑近看了又看，心开始往下沉——A 级？没错，就是 A 级！与湘钢合作的贸易商，并非广东省交通运输厅最新年度信用评价等级的"双 A"单位。评标文件规定：信用等级较高的投标人优先，信誉得分优于 A 级的单位加 0.1 分。如果竞争对手联手的贸易商是"双 A"资质，那湘

湘钢为深中通道提供 9.4 万吨桥梁钢板

奋斗，为了更好

钢就很有可能错失这次中标机会。

深中通道属于国家重大项目，是粤港澳大湾区集桥、岛、隧、水下互通于一体的跨海集群工程。"投标中的加分项绝不能丢！必须马上请示部领导，建议更换贸易商。还有 24 小时，我们搏一把！"三个人意见高度一致。

8 点 15 分，湘钢销售部。"好的，我们马上召开紧急会议，你们等待决定！"刚刚结束早调会的销售部肖副部长，在电话中告知席工。

广州宾馆内，三个人时不时地看时间，坐立不安。

"8 点 30 分了。"罗主管焦虑地在不大的房间里踱步。

"要讨论、要重新联系贸易商，哪有那么快！"席工既是安慰伙伴，也是安慰自己。但其实，他也早就心急火燎了。

8 点 55 分，部领导的电话到了："席工，公司领导以及杨部长都同意你们项目组的建议。这边与 B 贸易商也沟通完毕，你们务必完成授权委托书的更改，确保评标，就是 0.01 分都不能丢！"

40 分钟就搞定这么大一件事，领导和同事们太给力了！席工赶紧拨通在湘钢的项目组小宋的电话。

"小宋，你马上重新打印一份联合投标 B 贸易商的投标授权委托书，签好字、盖好章，赶最早的高铁送到广州来，一分钟都不能耽搁！"

9 点，湘钢销售部。项目组小宋放下电话，撇开手中其他的活，立马修改并打印好授权委托书，请领导签字盖章。一通麻利的操作后，成功搞定。他甚至没来得及跟家人打招呼，就自驾前往株洲西站，赶上了时间最近的那趟高铁。

12 点 30 分，小宋及时把新的授权委托书送到，B 贸易商也第一时间赶到宾馆。席工他们悬着的那颗心，终于放下了。

20 点 30 分，宾馆房间内。三个人继续埋头一遍一遍地审核 B 贸易商的标书。小艾将新的授权委托书插入标书，准备定稿后送到打印店装订成册。

"等等！"席工拿过小艾手中的新授权委托书："你们看，这份授权委托书授权人签名是肖副部长！"原来，当日因杨部长出差在外，是由肖副部长签的字。而之前向招标组织方提交的信用评价等级承诺书，授权人签字的是杨部长。

三个人刚刚放下的心，腾地一下又悬起来了！

"怎么办？再送新的授权委托书？"三个人讨论起来。

"可是时间紧迫，又是下班时间，还有这么远的距离。要不我们对付一下，说不定招标人员不会看得那么仔细。"

"不能心存侥幸！要是因为这个小小的原因废标，也太可惜了！"

"杨部长出差，如果今晚不回，也白搭呀！"

"马上跟杨部长联系，看他今晚是否回湘潭。如果回，我们就赶紧安排人，重新送授权委托书。"罗主管边说边拨通了杨部长电话。

"你们立即做好授权委托书签字盖章的准备，到我家里等着我！"杨部长听罗主管说明了情况，果断推掉后面的日程，紧急往回赶。

21 点 30 分，销售业务员小许正陪着妻子看电视，席工的电话打了过来。小许接完电话，有些抱歉地对妻子说："老婆，我现在要去办公室打印文件，然后去广州一趟，明天就回来。"小许有两个孩子，一个六岁，一个才一岁多。平时自己经常出差，他知道妻子带孩子很辛苦，所以在她面前总是态度无限好。

"你才回来几天啊？平时出差都会提前告诉我，怎么这回深更半夜说走就走！"老婆杏眼圆瞪。

"我真的是去广州出差，有急事，我师父在那边等着我呢，不信，你打电话给他！我先撤，回来再给老婆大人赔罪！"席工是小许的师父，小许把师父的名头搬出来，拿了车钥匙飞奔出家门。

车开得飞快。小许到办公室将第三份授权委托书打印好，立即又赶往杨部长家里。杨部长刚刚到家，水都没来得及喝一口，就赶紧把字签好了，并嘱咐道："大晚上的，慢点开车！"

"杨部长放心！"嘴上这么答应，其实，他哪敢慢一点？必须火速、火速！

"师父，你帮我订今晚23点15分左右的高铁票，我现在要去公司办理手续。"小许为了不耽误时间，直接给席工打电话。

22点45分，所有手续完成。"小许，高铁这个时间段停开了，我只好给你买了明天凌晨零点15分的火车票，你赶紧去株洲火车站！"师父席工的电话到了。

小许一听，有点懵，绿皮火车需要7个多小时呢，来得及吗？但他也没法多想，驱车就赶往火车站。

23点，宾馆房间内。"罗主管、小艾，你们两人到投标地点附近找一家最近的打印店，继续将标书审核修改打印好。明天一早，新的授权委托书到了就马上装订。今晚，打印店人员的加班费我们包了。我早上去火车站接小许。"

席工知道绿皮火车在寒冷的冬天晚点很正常，所以他着急啊，没有一点睡意，不停刷新"铁路12306"APP，追踪小许乘坐的那趟火车的行进状况。

25日零点15分，席工的微信一闪。"师父，我上车了，火车马上就开。"小许知道席工着急，知道火车准点发车，心里多少会踏实一些。

凌晨2点。"到衡阳了吗？"席工发微信。"师父，刚进站。"

那头的小许立即回复。

3 点 27 分。"到郴州了。"小许知道,师父这一晚上是不会睡觉了,干脆主动汇报火车进程。

5 点 12 分。"快到韶关了,应该会准点到站,您休息一会儿。"小许实在是心疼已经五十好几的师父。"知道了,火车到站你务必第一个下车,第一个到达出站口,我会在那里接你!"席工发完微信,一分钟都没休息,就开车直奔火车站。

5 点 30 分,席工已经在火车站出站口等着了。

7 点 30 分,火车准时到达。小许早早守候在车门口,车刚停稳,门一开,他就朝着席工指定的出站口一路飞奔。

席工老远就看见小许身穿羽绒服,背着一个双肩包朝出站口狂奔,将刚出站的人群远远抛在身后。

"师父,我来了!"他一边跑,一边向席工挥手。

"真是个傻小子,也不知道把衣服脱掉。"广州的气温有 20℃ 以上,看着浑身是汗、头上还冒着热气的徒弟,席工又欣慰又心疼。

9 点 10 分,新的标书装订成册,"封标"完成。

9 点 20 分,标书递交到评标组织人员手中。此时,距截标时间只差 10 分钟。

9 点 30 分,准时开标。最终,湘钢以评分第一的成绩,竞标成功!

快捷酒店与方便面

天,渐渐暗下来,飘起了小雨。

"姑娘啊，你赶紧回市里吧，这里很难打到车的。再晚点，就赶不上我们公司最后一趟通勤车了！"客户提醒小袁。

那年夏天，小袁去天津开发超厚板业务，要去的公司非常偏远。那个时候，那里还没有开通公交车，她是下午打车过去的。

听到提醒，小袁赶紧去乘车点。可等赶到时，通勤车刚刚开走，只远远望见车的尾巴。环顾四周，果然没有一台的士。

这时候，雨还越下越大。小袁在心里盘算：必须追上通勤车，不然，这好几十里路，得走到什么时候啊！

于是，她冒雨跑起来，可穿着高跟鞋，怎么也跑不快。她急了，脱掉鞋子拎在手上光着脚奔跑，朝着通勤车使劲挥手："等等我——"

追了好几百米，司机发现后面有人追赶，便将车停了下来。小袁跳上车，已经浑身湿透，分不清汗水还是雨水。她隐隐觉得脚疼，低头一看，原来脚底被路面磨破，出血了。

"姑娘，擦擦吧！"旁边一个穿工装的阿姨，递给她一包纸巾。

"谢谢！"小袁接过纸巾，一时没忍住，泪珠"哗"地掉了下来。

另一次，是冬天去东北。生长在温暖南方的小袁，这还是头一次见识东北的冬天。她前往东北某公司所在的偏远小镇，遭遇到的寒冷气候让人猝不及防，她的心理和身体都受到了严峻考验。

因天气原因飞机晚点，到达时已经是第二天凌晨两点。走出机场大厅，小袁被外面足有一米多深的雪景给惊呆了。机场公交看不到踪影，举目无亲、无人接站的小袁慌了。冷静下来一想：算了，先不走了，在机场酒店住下。

"请问，标间多少钱一晚？"她询问前台。

"对不起，标间没有了，只有880元一间的，也不多了，需要吗？"这样的恶劣天气下，估计不少深夜到达的客人都选择了住下，所以根本订不到标间。

"妈呀，太贵了。算了，我还是出了机场再找个快捷酒店休息一下吧。"小袁拖着行李箱，向门外走去。

她发现机场大厅的女人们脚上，基本都是平底靴子。自己穿个高跟，显然不适合这样的天气！在湘钢时也没问问同事，此时她懊恼得不行。

宽阔的马路由于被大雪覆盖，只留下一条窄窄的、被汽车碾压出来的冰雪小道。小袁深一脚浅一脚地慢慢前行。渐渐地，机场也淹没在夜色中。冰天雪地，只有她一个单薄的身影，拖着行李箱蹒跚而行。风刮在脸上，如刀割一样疼。她用羽绒服的帽子尽量将头部包裹起来，但依然挡不住刺骨的寒冷。

"姑娘，上哪？搭你一段吧！"偶尔有私家车从她身边慢慢驶过，好心地询问。

"不用了，谢谢！接我的车应该快到了！"哪来的什么车接啊，只是人生地不熟，不敢贸然接受陌生人的好意。她心里害怕极了，脚底一滑，摔倒在雪地里，又艰难地爬起来，继续前行。

"丫头啊，女孩子不适合干销售。要不然，跟领导申请换一个岗位，工资少一点就少点。我和你爸只希望每天看到你高兴出门，平安回家。"小袁想起妈妈说过多少次的话。

"丫头，今天元元在幼儿园玩，把胳膊摔伤了，我们送他去医院包扎好了，你放心吧！白天怕影响你工作，就没告诉你。你自己在外边，千万要注意安全！"前几天在郑州出差时，爸爸晚上打电话叮嘱她。

各种思绪，一股脑儿地涌上心头。这个时候，她特别想家。作为有孩子的女人，小袁多希望在家里守着，正常上下班，过一份岁月静好的平常日子。但实际上，为了干好销售，她更多的时候是在路上不停地奔波。

走了一个多小时，隐隐约约看见前方有酒店，小袁的心情顿时好了许多。凑合着休息了一晚，第二天一早，她又精神抖擞地向目的地出发了。

确认钢板表面质量

江苏一家公司需要采购一批数额较大的高端容器钢，小袁听说以后跃跃欲试。"有两家钢厂跟他们有长期合作关系，而且相距不远，有运输优势。而湘钢只能靠水运，耗时长，想做进去，难！"知道了她的想法，有同事提醒她，怕她吃力不讨好。

"不去试试，怎么知道有没有可能？万一成了呢！"小袁打定了主意。

通过几轮严苛的技术条件澄清，客户从众多钢厂中选定三家参与竞标，湘钢是其中之一。

与这家公司总经理及相关人员面谈那天，正好是小袁的生日。

"相对来说湘钢虽然没有运输优势，但我们绝对不会影响贵公司的交货期。而且，我们还有品质和服务的保障！"小袁看准对方的顾虑，在汇报湘钢历年业绩的同时，向客户作出郑重承诺。

"我们公司的技术条件和服务要求很高，刚才我已跟你谈过了。如果袁经理现在就能做主拍板、承诺算数，我们就有信心合作。"对方觉得小袁级别不高又是女的，以为这样一说，她就会知难而退。

"您是总经理，说话得算数！"听了对方的话，小袁当即拿起手机拨通湘钢销售副总的电话，将面谈中涉及的几个关键问题向领导请示，很快就得到批准，几分钟就当场搞定了。对方总经理吃惊之余十分满意："贵公司办事效率如此之高，我选择相信你们！"他当即宣布，把订单交给湘钢。

为了抓紧制作合同书，小袁当晚就乘火车返回湘潭。车上的一碗方便面，就是生日晚餐，她却吃得很香。"妈妈，生日快乐！"儿子发来生日祝福。

手机没电

2012 年元旦过后，天气很冷，钢铁行业的市场形势也是如此。

"王工，你们公司这批产品有质量问题，请你马上过来处理！"销售部棒材业务室负责西南片区的王工在外地出差时，接到了客户投诉。

"知道了，我马上就过来。"听说被投诉，心急的王工，连行李都没来得及回宾馆取，便直奔火车站。

客户的厂子建在大山里面，非常偏僻，而且距机场很远，也没有直达公交车。当时这里还没有高铁，王工每次走访这家客户都是坐绿皮火车，然后打车到镇上，再搭乘当地的小三轮，走十多公里山路才能到。

"温总，我已经上火车了，大概晚上 11 点可以到达你们公司。等着我，生产现场要留人。"王工坐上火车，立即打电话告知客户。

"你们提供的原料，在加工过程中出现严重的开裂现象，件件加工出来都是废品，我都停产了。现在，我的客户一直在催促交货，搞得我头都大了！"从温总的口气里，能闻到一股火药味。

"温总，我过来就是处理问题的。如果是我们公司产品的质量问题，肯定不会推卸责任。"王工先安抚对方的情绪，然后一边思考产品出现问题的各种可能因素，一边不断地打电话处理其他业务上的事情。

十来个小时一晃而过。晚上 9 点多，眼看火车马上就要到站了，王工准备打电话给温总，好让他心里踏实。结果拿出手机一看，居然没电了。糟糕，今天电话太多，手机打没电了！充电器又放在宾馆里。王工有些担心，温总如果打不通自己的电话，还不知道会怎么想呢！

走出车站，周边小吃店飘出诱人的香味。王工想起在火车上这么长时间，就吃了一碗方便面。想着先垫巴点东西，他走进一家面馆。

"您是到我们这边出差的吧？"老板娘端上热气腾腾的面条，打量穿着湘钢工装的王工。

"老板娘，好眼力。"王工笑着说。他大口吃着面，开始掏钱包。忽然，他放下筷子站了起来，把里里外外的口袋掏了个遍，愣住了：火车上人多，钱包不知道啥时候挤掉了，要不就是被偷走了，好在身份证还在工装口袋里。

"老板娘，我的钱包大概在火车上掉了，手机也没电，面钱我先欠着，这是我的身份证，等我明天返程的时候再给您送钱来。"王工很尴尬，自己长这么大，还是头一次碰上这种事情。

"算了，不过就是一碗面钱，看你也不容易。以后出门，还是小心些才好！"老板娘挥挥手，表示没关系。

王工连声谢着走出面馆。身无分文、手机没电，还有这么远的路，咋办？

"小师傅，我是来这儿出差的，钱包掉了，手机也没电了，我想请您把我送到镇上，这是我的身份证。您告诉我手机号码，明天我返程时再给您送车费！"王工走近一台的士，试着问司机。

司机上上下下打量他："你说钱包掉了就掉了？谁信啦？别耽误我做生意！"人家把他当成蹭车的主了，十分不耐烦地赶人。

罢罢罢！别在这耽误时间，反正没带行李，路也熟悉，干脆步行吧！王工打定主意，抬脚开拔。他走路速度快，大概个把小时就到了镇上，然后进入山区小路。山区的夜晚寒凉，他抬头看了看天，还好，有月亮作伴！

静谧的小路，只有王工一个人。他一边走，一边想起许多事情。自己接手开发西南片区以来，客户无论是对湘钢产品、还是各项服务保障方面都很满意，客户数量也大幅增加。工作的成就感，让此时的王工并不觉得有多么疲惫。

山路有十多公里，他走了两个多小时后，终于看见山脚下那幢熟悉的厂房，里面依稀还有灯光，他迅速小跑到温总公司的大门口。

"王工，我们老板等你很久了，现在都还没回去。"门卫师傅认识他，赶紧过来打开大门。值班室墙上的时钟，指向第二天凌晨

在下游用户厂察看湘钢钢材的深加工产品

1 点 25 分。

楼上会议室的门虚掩着。王工推开一看，好家伙，温总和几个技术骨干都睡在了会议室，推门的声音惊醒了他们。

"你怎么回事，打你一晚上电话都关机，害我们在这里等！"温总揉了揉眼睛，对着王工吼起来。

"实在不好意思，我手机没电了，钱包也掉了，是从火车站一路走来的。"王工赶紧道歉。

走进山里的？温总他们几个瞪大眼睛，本来憋了一肚子火，看到王工这个样子，气也消了一些。

"你们在给加工件进行热处理时的温度设置是多少？"

"热处理炉温度是否有波动？是否有温度监测记录？"

王工顾不上休息，拿起会议桌上一个开裂的样品仔细察看，然后一连问了十几个问题，不停地在本子上做记录。听着技术人员的回答，王工心里有数了，这与自己预测的情况差不多。而且，在火车上他就想好了调试方案。

"这样，你们按照我制定的技术工艺方案进行调试，一定不会再出现这样的情况了。如果再出现，就是我们的产品有质量问题。"王工胸有成竹地说。

连夜调试生产，所有人都在现场守着。结果，生产出来的成品没有一件开裂，全部合格。

此时，天已经亮了。

（文字编辑：胡佩生）

中标之后

旷鸣杰　徐玮成

2023 年 3 月，湘钢金属材料公司中标一个大项目——金沙江大桥。如果成功供货，将是这家公司向桥梁钢丝绳领域拓展市场的第一个标志性业绩。

然而，技术部门在做综合评判时发现，公司现阶段并不具备生产主缆索的能力。中标的高兴劲儿刚过，就面临着能不能做出产品的挑战。如果实在没这个本事，就只能放弃到手的项目，让对方另请高明，那意味着我们公司在桥梁钢丝绳市场还没开局就打了败仗。这要是传出去，影响可就大了，谁还敢给我们中标机会啊！

真的没办法吗?

评审会上，车间彭主任一脸严肃地说："金沙江大桥主缆索为直径 60 毫米、长 2000 米的钢丝绳，以我们现在的工艺技术和装备能力，无法满足这样高难度钢丝绳的生产。"

"是啊。生产速度慢、效率低不说，钢丝绳还很容易报废。"工艺技术员小周叹气道，"即便勉强生产出来，也不一定满足客户要求。我看，只能用辊压工艺生产。"

"辊压工艺我们倒是早就在用了，只是因为各种原因搁置了一

正在建设中的金沙江大桥

段时间。而且，现在也没有这么大的辊压轧机，操作、工艺都不成熟，不确定因素太多，生产出来的东西，质量也会不稳定。"有人提醒道。

大家的眼神交会，都在试图寻找目标，希望有人能够给出答案。

"辊压我们做不好，国内总有能干好的厂家，出去对标学习嘛。我相信，没有那么难！"小苏发言，打破了会场的沉闷气氛。

厂长终于面露笑容地说："我也是这么想的。小苏啊，你赶快组织人员出去考察，看看同行都是怎么做的，设备从哪里买的，尽快把情况弄清楚。"

当天下午，小苏就动身前往国内某先进厂家。通过交流学习，他掌握了设备来源和工艺设计，回来后立即向领导汇报："这次我们去了某厂，他们都是用液压辊压轧机生产大规格面接触钢丝绳。

检查辊压工装模具

他们使用的液压辊压轧机是国内 SX 公司制造的，我们可以直接找这家公司采购。"公司召开紧急会议，决定马上签订采购合同。从对标考察到确定采购，时间之短，创造了我们公司的纪录。

来了个大宝贝

一个多月后，亮锃锃的液压辊压轧机到达生产现场。看着新设备，股绳操作司机小左不禁感叹："有了这个大宝贝，不愁生产不出这次需要的面接触钢丝绳。"

设备调试的时候，小苏总是守在现场。小左拍了拍他，调侃道："苏工，你又过来了，是对我们不放心吗？"

小苏笑着说："只有自己动手，才知道会遇到什么问题，去摸索怎么解决。把最优的操作步骤固化下来形成操作规程，以后大家

调试股绳辊压设备

就知道怎么干，不用求别人了。"经过多次调整，我们生产的面接触钢丝绳产品，性能检测远远超出客户要求。

"哎呀！怎么又断了！"钢丝绳的外层钢丝又一次断裂，成绳操作司机老何发出一阵抱怨："这活干的，要把我们累死啊！"钢丝脆断一次就要返修，这已经记不得是多少次了。

分析会上，技术员小周发言："直径60毫米的桥梁施工承重索镀锌钢丝绳，按照原来工艺，钢丝经过镀制后有性能损失。只有采用新工艺，才能保证钢丝性能稳定，只是……"

"只是目前我们的新工艺不成熟，生产效率很低，用这种工艺生产，估计难以保证交货期。"车间主任说完，自己也没了底气，可实际情况就是这样。

"应该先到现场一个个排查原因，大家一起出谋划策，摸索解决方法。我相信，问题没有那么难！"小苏的声音听起来坚定有力，其实，他只是想起一句话："坐在办公室看到的都是问题，去现场看到的都是办法"。

地毯式的现场排查，果然有了很多重要发现。参数一个个地调整，问题一个个地整改，但钢丝还是不停地断，成绳工序还是问题很多。生产部也不敢投料了，成本受不了啊。

小苏临睡前有听歌的习惯。到了深夜，手机里的歌单已经循环了一遍又一遍。老婆问："你怎么翻来覆去的？"小苏摘掉耳机轻声说："你先睡，我还有点事。"

他开始上网搜索钢丝生产工艺方面的书籍，发现一本，马上就下单。没过几天，书到手了。翻阅目录时，小苏顿时眼前一亮，不敢相信，有篇论文就是专门讲述如何提高镀锌钢丝强度、解决第二次拉拔刮锌问题的。

他拿着书，找到技术部刘部长："这篇文章，正好说的是我们的难点。"两人交流后一拍即合，下午便组织相关单位讨论。找到方向的小苏，生怕出现半点失误，与操作师傅一起试验。终于，钢丝刮锌状况得到显著改善，在后续成绳工序中也不再脆断，检验强度、扭转等各方面性能指标全部合格。

负责一百年

根据技术要求，主缆索使用期限至少要达到一百年。这一百年间，钢丝绳绝对不能出现伸长的现象，否则，桥面很可能因不平衡而垮塌。要达到这个要求，必须对钢丝绳进行预先张拉，以消除后期使用的伸长现象。

生产车间从未张拉过这么大规格的钢绳，如果钢丝绳剧烈收缩，将回弹崩坏，发生安全事故。关键设备做不到完全压紧，这个问题不解决，就无法稳定钢丝绳的综合性能。

7月的一个下午，尖锐的蝉鸣和设备的轰鸣响个不停，空气中弥漫着令人窒息的暑气。带着问题的小苏走到预张拉工序，向操作人员询问情况。"预张拉我们都不敢开了，担惊受怕的，只要一崩瓦，就是大事。车间想了很多办法，都没有完全解决。"

小苏拿起一片压绳瓦，仔细观察瓦内槽的摩擦痕迹，认为需要增加橡胶垫，才能保证压紧钢丝绳。不过，直接增加瓦的厚度可能效果更好。他来到固定站的压力臂后面，用手臂模拟压力臂的工作状态，问道："压力臂有什么问题吗？"

"这次拉这个主缆索钢丝绳，压紧时压力臂会抖动，还有点翘。"

小苏听了，豁然开朗地说："只要压力臂不翘起，瓦的厚度足够，就有足够压力压紧钢丝绳，问题就解决了！"想到这，他立马回到办公室，着手设计新压绳瓦的结构。

第二天，设备部开会讨论预张拉设备固定站压力臂和压绳瓦新结构的改造方案。经过几天的设备改造，预张拉崩瓦问题迎刃而解。

随着最后一根主缆索生产下线，湘钢金属公司圆满完成金沙江大桥项目订单。项目之外，更有许多成长、成熟的收获。

（文字编辑：胡佩生）

客户协同的网络"高铁"

张建和

"大好消息，7 月份板材订单突破 20 万吨了。"

2009 年 6 月的最后一周，周一刚上班，销售部板材业务室赵科长就高兴地宣布了这一大好消息。业务员小周对此却愁眉不展，他郁闷地对科长说："科长，板材合同录入工作量太大了。我一个人录，不吃不睡也搞不完。我需要帮助！"

小赵当即回复："没问题，你把客户的需求按品种、规格分好类，我去找人帮忙录。"

下午，赵科长从线棒业务室找来 5 个帮手，他们和小周一起用了 4 天多时间，终于在周五下午录完了 7 月份全部的板材合同。小赵松了一口气，对兄弟科室的援助表示感谢。而小周却没能松口气，仍旧忧心忡忡地对赵科长说："科长，根据市场预测，后续几个月的板材订单会很多，必须增加人手帮着录入合同。我辛苦点没啥，就怕耽误事儿。"

哪里有人手？公司不增加定编人员，总不能每个月都去求人吧？该想想其他办法。赵科长觉得有点棘手了。

手工录入的烦恼

7月的一个上午，在公司的产供销联动会上，赵科长把板材合同录入工作量大的问题提了出来，希望领导考虑增加人手。管理创新部陈部长心里清楚，目前的板材 MES 系统是 2006 年 12 月上线的，客户合同需要销售业务人员手工将每块钢板的信息录入制造执行系统（MES），经审批后导入企业资源计划系统（ERP）形成正式订单，再加上客户的个性化需求，每块板需录入的数据有十多个。随着板材订货量逐步增加，业务处理工作量越来越大，难免出现因信息录入错误而导致质量异议的问题，业务室现有的工作效率和质量，确实难以满足生产组织和客户的需求。

陈部长说："最近，我们也听说了在 MES 系统中靠手工录入板材合同出现的一些问题，比如，信息多、工作量大、录入速度慢、易出错，从而影响交货期，客户抱怨多等。我们管理创新部也在思考，能否利用信息系统功能来解决这些难题。"

8 月 10 日，国内 C 公司朱总来湘钢进行交流时，对公司主管领导说："目前，造船行业发展较好，你们的订单量不断增加，业务人员的工作量很大。建议开发一个方便快捷的信息系统，提高工作效率，进一步提高双方合作的业务量。"9 月 15 日，韩国 X 公司崔总来湘钢交流时，也对公司主管领导提出了类似需求，希望我们尽快建设电子数据交换系统（EDI），实现双方的信息系统对接，提高业务协同效率。

公司主管领导认真听取了两家客户的意见，同时，在交流过程中了解到国内 B 钢厂正在与韩国 X 公司建设 EDI 系统，并即将投运。他将陈部长叫到办公室，说："目前，板材客户的合同越来越多，我们迫切需要开发一个信息系统，高效快捷地同客户进行业

奋斗，**为了更好**

研究电子数据交换系统解决方案

务协同。请管理创新部牵头成立项目组，在 3 个月内完成项目建设，尽快满足客户需求。"

陈部长表态："我马上安排。目前，我们正在组织了解相关技术及同行业的应用情况，争取尽快建设一套满足公司实际业务需求的系统。"

陈部长接到任务后，迅速成立项目组，自己担任组长，以彭首席、周首席、网络主管蒯工、板材流程主管雷工和我为主要成员，开展项目前期工作。同时，组织技术人员到图书馆和网上查找资料，学习了解相关技术。

EDI 的真面目

"EDI 系统对湘钢板材市场的拓展影响深远，公司领导高度重视，国内钢铁行业暂时还没有成功开发该系统的案例。项目建设任重道远，时间紧，任务重，我们必须尽全力多快好省地做好这一项目。首先要尽快掌握国内 B 钢厂与韩国 X 公司建设 EDI 系统的有关情况。"在项目例会上，陈部长向项目组成员介绍了项目的基本情况及其重要性，项目组成员相互交流学习心得，大家心中有了大致的系统轮廓。

2009 年 12 月 2 日早上，阴雨绵绵，由彭首席带队，第一批成员共 5 人赶到长沙黄花机场，乘坐飞机赴韩国 X 公司交流，了解他们同 B 钢厂建设的 EDI 系统功能。刚到韩国时，由于对 X 公司和 EDI 系统情况不了解，大家心中忐忑不安。

第二天上午，阳光明媚。X 公司崔总先带我们到风光秀丽的海边码头，观看了造船生产现场，之后到会议室进行交流。崔总介绍说："我公司采用了德国系统分析程序开发公司（SAP）的 ERP 系统，我们在 ERP 系统中完成船体的总体设计后，船体各部位的船板规格尺寸及性能要求形成了对应的采购需求清单，可在系统中选择每块船板的供应商，系统自动将同一供应商的需求清单数据打包，通过 EDI 系统传到供应商的系统中。对方业务人员在系统中对需求清单信息进行确认，即可生成正式订单，经审批后导入 MES 系统进行排产、制造、质检、发运，并将生产和物流信息反馈给我们。这样，我公司可及时了解订单的状态，不至于影响造船计划，大大提高了协同制造效率。"至此，项目组成员对 EDI 系统的运行原理及 X 公司的需求有了较清晰的了解。建设 EDI 系统，相当于建了一条与客户协同的网络"高铁"，能显著提高业务协同和信息交互的效率，同时，可以锁定和拓展客户资源。

在交流过程中，崔经理面露难色地说："湘钢的产品虽有价格优势，但没有 EDI 系统，不能纳入我们的 ERP 系统进行选择下单，交易很麻烦。再这样下去，你们可能会被淘汰。"

彭首席听了，心中一惊，也意识到了 EDI 系统的重要性，湘钢的 EDI 系统必须抢时间，尽快投运。但同时，我们了解到 B 钢厂 EDI 系统的建设情况，他们实施该系统半年多，投资近 200 万元，实施难度较大。

回到宾馆，彭首席对大家说："通过交流了解 X 公司的业务和系统需求，结合湘钢的实际情况，我们开发 EDI 系统不存在问题，完全可以实现。但有两个难点：一是国内与国外的网络联通问题，二是系统远程测试问题。这是我们后续要重点解决的。"至此，几个人心里总算有了底，晚上在一起认真商讨第二天的交流计划和重点学习内容。

交流完成后，彭首席向崔总承诺说："我们力争在 3 个月内完成系统开发。届时，还请贵方配合做好网络调试和系统测试工作。"

"请放心，我们一定积极配合，争取让系统尽快上线。"崔总笑着回答。晚上，崔总用具有韩国特色的青酒、烤肉和泡菜招待我们，表示对我们的工作寄予厚望。

EDI 首秀

项目组成员考察韩国 X 公司回来后，立即向陈部长汇报相关情况，并对 X 公司的需求进行详细分析。陈部长听了大家的汇报，胸有成竹地说："X 公司远在韩国，在没有实践经验的情况下，我们开展系统远程测试、网络调试等工作很不方便。刚好国内 C 公司也有类似需求，我们可以把 C 公司作为试点对象，优先建设一套国内 EDI 系统，为与 X 公司的 EDI 系统建设积累经验。两个项目并行开展，来个一箭双雕。"大家认为陈部长言之有理，一致赞同。

时间来到新的一年，岁末年初的工作特别繁杂。对于管理创新部而言，EDI 项目是重中之重。

2010 年 1 月，陈部长组织大家"请进来""走出去"，多次同 C 公司进行业务和技术交流，讨论确认了业务需求及系统解决方案。在开发与测试过程中，遇到了双方网络系统对接不成功、数据核验不通过、数据包传输掉包和解压缩不成功等问题。两位首席组织人员认真分析，研究解决方案，项目组成员加班加点，积极调试。经反复测试，终于成功解决所有难点问题，数据传输稳定可靠了。

2010 年 5 月 20 日，湘钢与 C 公司的 EDI 系统正式上线运行。

上线的第二天上午，天气晴朗。我们兴致勃勃地到销售部了解系统运行情况，小周喜形于色地说："有了 EDI 系统，我们可在办公室实时轻松地完成与 C 公司的合同确认，并转发 MES 系统中下发的工单。以前，一个月的计划需要录几天，现在一小时就能搞定，工作效率显著提高。而且，可以随时接收、确认客户新的需求，再也不用担心录入错误了。"

"陈部长，EDI 系统既解决了我每个月的求人录合同之苦，又保证了信息录入的准确性，真是天大的好事。"小赵紧紧握住陈部长的手，心情激动。

6 月 2 日，C 公司朱总来湘钢交流时，特意来到项目组办公室，感激地对我们说："EDI 系统上线后，双方的工作效率显著提高了。以前一个月做 3 万吨的订单都很艰难，现在可以轻松做到 10 万吨，而且能在网上实时了解订单的生产过程和物流信息。我们在家里就可处理业务，真是太方便了。"

7 月 24 日，在上海世博会场馆，湘钢与 C 公司召开"战略合

奋斗，为了更好

作高端峰会",并举办了 EDI 系统的上线仪式,双方领导对 EDI 系统的投运给予了高度评价。之后,C 公司在湘钢的板材采购量大幅提升,至 2024 年 9 月止,C 公司在湘钢的订货量突破 1000 万吨。

构建跨国网络"高铁"

与此同时,湘钢与韩国 X 公司 EDI 系统的建设,也在紧锣密鼓地进行。

2010 年的 2 月,在春节的前一周,陈部长安排我带领第二批成员去韩国 X 公司调试网络并交流确认业务与系统解决方案。到达韩国的第二天,X 公司崔总立刻安排技术人员配合我们进行网络调试。在调试过程中,由于韩国与中国的网络设备对通讯标准协议的解释不一致,导致双方网络通讯多次对接不成功。网络主管蒯工连续两天使用多种办法调试都失败了,大家鼓励他不要气馁。蒯工继续不断地调整测试方案,同时和国内的周首席进行远程沟通与探讨,调整国内和国外的网络设置参数,尝试新的方法。

即将返程的前一天晚上,X 公司崔总带我们到海边餐馆吃海鲜,海风轻吹,海鲜香气扑鼻。崔总热情地调动气氛,但因网络未调通,蒯工总是心事重重,食不甘味。他简单地扒了几口饭,走到海边远眺大海,仿佛在希望大海给他带来网络调试的灵感。

我们回到宾馆后,蒯工满脸愁容,沉默无语,一个人在房间用笔记本电脑继续调试网络,我们在隔壁房间交流并静静等待奇迹出现。

"网络通了,大海真给了我灵感,X 公司的服务器验证成功了!"第二天凌晨 3 点,我们看到蒯工跑过来手舞足蹈地叫喊着。此时,

讨论系统接口方案

距我们返程仅剩 3 小时。

"热烈祝贺！辛苦了！辛苦了！"大家无比激动，在房间内举着啤酒瓶庆祝，网络调试任务终于圆满完成。

早上 6 点，我们睡眼蒙眬地坐车去机场。在返程的车上，我将消息报告给了 X 公司崔总，他先是感到很惊讶，随即高兴地祝贺我们。

后来，当我们同韩国 X 公司联系准备进行远程测试时，他们没想到，湘钢能在这么短的时间内完成开发。而他们的信息系统还未进行相应的调整优化，还未完成对应的系统接口开发，也不具备测试条件。直到 5 月下旬，他们才派技术人员来湘钢交流。在了解湘钢的 EDI 项目实施情况后，他们承诺在 6 月完成接口开发及程序优化，争取具备测试条件。6 月下旬，对方已基本具备了测试条件。但在开始测试的过程中，经常出现数据包掉包的情况，双方发送的测试数据包时断时续。经多次程序优化和测试，反复确认，最终成功通过测试，确保双方数据包能稳定可靠地传送。7 月 5 日，

奋斗，为了更好

公司派第三批人员到韩国 X 公司组织上线准备工作。因前期工作扎实可靠，上线很顺利，EDI 系统于 7 月 8 日上线，横跨中国和韩国客户协同的网络"高铁"正式投运。

上线的第二天，我们来到销售部，小赵一见到我们就兴奋地说："EDI 系统上线后太方便了，韩国 X 公司不必每季度派人来湘钢签协议了，我们只需在网上协同即可快捷办理相关业务。以前每个月都难得拿到几千吨的订单，现在订单量都在万吨以上，交货期缩短了不少，客户也满意多了。"

这年下半年，崔总来湘钢洽谈下年度的采购协议时，同我们进行了交流。他非常感激地说："湘钢 EDI 项目的建设效率很高，大大方便了我们的业务处理工作，按期交货率也提高了。随着湘钢产品质量不断提升，我们将逐渐提高对湘钢板材的采购量。"自此，X 公司在湘钢的板材订单量大幅提升，第二年就增长了五倍多。截至 2024 年 2 月，X 公司在湘钢的订货量突破了 200 万吨。

继 C 公司和韩国 X 公司的 EDI 系统成功上线后，接连有客户提出类似的需求。公司先后开发了十多家战略客户的 EDI 系统，其中 2022—2023 年新增了 6 家客户的 EDI 系统。客户协同的网络"高铁"四通八达，为进一步深化客户战略合作和拓展产品市场创造了条件。

每当看到一个新的客户 EDI 系统投运，我总是会回想起当时我们为 EDI 系统建设铺路的情景。项目团队的付出，为公司产品市场的拓展创造了重要条件，做出了重要贡献。作为其中的一员，我感到无比欣慰。

（文字编辑：刘纲要）

旱鸭子赶海

唐国栋

清晨，退潮的海浪拍着沙滩。我站在浅滩上，听着螃蟹、贝、小鱼在沙滩"沙沙"作响，听着往来船只悠长的汽笛声，顿时忘记了对大海的恐惧，而是回想起曾经赶海的难忘经历。

等点赞却等来了投诉函

那是早两年的事了。那年7月初，我作为轧钢车间主管质量的副主任，在一次和部门同事聊天时，偶然听到S公司的消息。后来，领导在各种会上反复强调该客户多么重要，要求我们拼尽全力也要把该公司试订的200吨Q类冷镦钢生产出来。

S公司是一家集汽车悬架总成和减震器产品设计、研发、生产及国际贸易为一体的科技型企业，产品覆盖全球车系，在行业内有较高影响力。我们现有产品中还没有与其用途相近的，现场团队一番讨论后决定，采用我们质量控制要求最高的Q类汽车用冷镦钢的控制标准进行生产。

从7月12日开始，我们正式生产S公司的产品。对热眼（快速拍照）、尺寸、包装、堆放进行全流程跟踪，都达到了既定要求。大家自信满满，认为绝对能得到客户认可，期盼着后续订单接踵而来。然而，等来的不是点赞，而是一封投诉函，这给我们浇了一大桶冷水！

第二天，我们的质量工程师随同公司 IPD 项目经理一行人赶往客户现场。通过传回来的信息，大家才真正了解客户的生产工艺，以及客户对产品质量的具体要求。这时候我们才认识到，前期的准备工作几乎就是"自娱自乐"，现场控制重点和客户所关注的质量重点根本对应不上。

我们立即排查和反思问题，发现产品存在两方面的质量缺陷：盘条在打捆过程中的挤伤和运输过程中的磕碰伤。磕碰伤问题可通过改变装车方式解决；至于打捆挤伤问题，按照以往的经验将盘卷布圈调规整，同时降低打捆压力，就能得到解决。

方案一改再改

通过与 S 公司认真沟通，我们争取的第二次试订单机会终于来了。害怕再次出现问题，这一回大家小心谨慎了很多。生产准备会上，从原料、轧制、包装，到入库堆放、装车发运，全流程做了详细方案，要求项目团队全员参与现场跟踪。生产过程并没有遇到突发状况，340 吨产品很顺利地按计划完成，当天下午开始装车发运。

和上次 S 公司过了 14 天才反馈不同的是，这一次是第二天晚上 10 点左右，对方就发来产品到货的照片。他们反馈：货车上的盘条东倒西歪，卸货非常困难，而且卸完货的盘条根本立不稳，直接倒了。收到反馈后我惊出一身冷汗，第一时间叫停后续发货，又紧急联系物流公司，让他们务必将当天发货的两车产品追回。

20 分钟不到，厂领导及全体团队成员赶到发货现场。大家分析后发现：盘卷布圈调规整后，盘条圈与圈之间的间隙消除，相同重量的盘条变短，盘条在车上晃动后容易倾倒；同时，打捆机的压力被调低后会打捆不紧，盘条也容易倾倒；而改变装车方式，车辆左右晃动时盘条轴心方向受力，盘条还是容易倾倒。虽然原因找到了，但解决问题还要花精力和心思。

大家集思广益，纷纷发言，讨论持续了一个通宵。我们最后决定用吊车将两捆盘卷并排放置，再用手持带式拉紧机把盘卷捆在一起，然后试着装一车货发过去。同时，安排人员跟车观察，如果途中再出现盘条倾倒的情况，随时直接把货拉回来。

改进方法后，原来装一车货只要 1.5 小时，现在竟增加到 6 小时。随车人员李工也踏上了 36 小时的旅途。现在想想，还真是难为体重足有 100 来公斤的他，挤在货车驾驶室那狭小的空间，该有多么难受。

一车货顺利到达 S 公司现场，没有出现异常，这说明两捆合一的方法可行。不过，这么多人一起帮忙装一车货都要 6 小时，仓库里还有 7 车货，这得花多少时间呀？！这个时候，S 公司那边又说现场快断料了，催着抓紧发货。我们真是急得像热锅上的蚂蚁。但是没办法，"以客户为中心"不是嘴上说说，而要落实到行动上。大家连夜轮流守着发货，终于把这一关给扛过去了。所幸的是，第二轮生产的产品，S 公司使用后非常满意。

到 S 公司去

经历前两轮的教训，厂领导让我们走出去，向兄弟企业学习。大家也不虚此行，带回了应对盘条倾倒的优化方法。

第三轮生产很快临近，现场试生产 5 支钢，按我们学习到的方法，盘条打捆后确实长度增加了，也不容易倾斜；同时打捆压力减小，打捆挤伤也不明显。为保险起见，没有直接批量生产，而是把这几盘盘条发给 S 公司试用。这一次的发货和收货都很顺利，但新的麻烦出现了！盘条放线时严重打结，根本无法正常使用。又一次碰到"拦路虎"，真有点垂头丧气！厂领导看着我们茫然无措的样子也着急，决定从头开始走一遍流程，并让我专程到 S 公司。

我从高铁站出来，又坐了 2 小时左右的车，才抵达宾馆。第二天，我早早地赶往厂区，阵雨伴着大风，雨伞好几次被吹掉，好不狼狈。

和之前预想的一样，他们的岗位员工对我们的产品很有意见。原料库里，盘条东倒西歪，使得本来就不大的地方变得拥挤不堪，部分盘条只能露天堆放；生产线放线打结，导致这种大规格的打结只能用割枪切割；成品缺陷率高，需要一根根挑选，还担心漏检被考核。确实，我们交付的产品不好用，影响到他们的生产效率，也直接关系到计件工人的收入。

我对S公司的每一道工艺都仔细地观察，从卸货到堆放，从上料到拉拔，从研磨到质检标准。可能是我的努力感动了现场工人，慢慢地，他们开始跟我主动沟通，我甚至和现场的卿主任、杨班长建立起不错的友谊。

　　了解S公司的具体工艺及产品需求后，我也一直和我们厂的团队保持沟通，大家想出不少改进的新办法。一是针对挤伤的问题，可以使用喷淋设备，它就是给防挤伤专用的，虽然设计时只考虑了高线部分，盘卷由于圈径不能使用，但我们可以改造它。二是针对盘条短、运输时会倾斜的问题，那就在不让盘条乱的情况下让盘条长度增加。S公司现场工艺及用途对产品性能没有明确要求，那就使用低温程序控制，也可以让盘条长度增加。三是针对装车时的磕碰伤问题，重新设计一套装车方案，不考虑装载量，采用全部竖装的模式。

　　新一轮生产紧锣密鼓地开始，从厂领导到科室技术人员都参

岗位人员检查大盘卷外观质量

与生产方案的制订与跟踪。等待是最折磨人的事，从现场生产到客户现场，至少有 2 天的时间跨度。

"我相信你们的实力！"

看着事情有了进展，卿主任一高兴，约我去赶海，我一听就打哆嗦。虽然 S 公司离海边只有 2 公里，但身为旱鸭子的我，下水的次数都屈指可数，更别说赶海了。卿主任看出了我的害怕，向我解释，赶海是在退潮时到浅滩捉螃蟹、捡贝、抓鱼。可能是对新手的鼓励，那次赶海我居然抓到了不少好东西，尤其是抓到两只大螃蟹，收获满满。旱鸭子赶海，听起来不可思议，不过尽管很害怕，但去做才能有收获。

新鲜出炉的产品在我到 S 公司的第五天抵达现场，这一次没有让我的期待化为泡影，看着车上立得周周正正的盘条，我倍感喜悦。我拉着卿主任，细心呵护盘条送到仓库，拆开包装仔细检查，上线使用。完全没问题！出乎意料的好！产品缺陷率比原供货商降低了一个量级——从 8% 降到 0.8%。

后来，S 公司的蒋总为我辞行，对我真诚地竖起大拇指。他说："湘钢是一家十分负责的大国企，能够就产品出现的问题进行快速有效的处理，我相信你们的实力！"

从那时至今，湘钢与 S 公司持续合作，我与对方的工作人员经常有电话交流，但联系最多的还是卿主任。与我 2023 年 4 月离开大盘卷轧钢车间基本同步，卿主任在差不多的时间段也离开了 S 公司。

卿主任新入职的公司是国内某连杆冠军企业，他向老板极力推荐湘钢产品，联系我让湘钢与其对接。目前，我们的销售人员已与这家企业进行了交流。

我问卿主任，为什么到新单位还极力推荐湘钢？他说，通过与湘钢这么久的接触，他看到了湘钢对于产品质量提升的认真态度，湘钢人的执行力也是他所见最强的。

（文字编辑：刘纲要）

奋斗，为了更好

那座高炉与我

罗大军

2017 年的夏天，我奉命回到这座让许多人无限感慨的高炉——湘钢 2 号高炉。在过去的几年里，这座高炉可谓相当"出圈"，全国各路炼铁高手都对其进行过"医治"，但最终都是摇头离开。不得已，公司决定采取中修扒炉缸的措施，解决困惑大家多年的问题。

转折

我的心情是复杂的。几年前我打了败仗离开这里，那时，带着不甘的心情；而今，怀着"从哪里跌倒就要从哪里爬起来"的想法，我接受组织的信任和委托又回来了。虽然好多人觉得这是个烫手山芋，但我依然相信中修一定是这座高炉焕发新生的转机。

这种疑惑并没有维持多久。很快，我们就恢复了信心。焦炭越出越多，前面确实颗粒均匀，但后面运出来的就越来越大，证实了当初"高炉炉缸中心焦炭'肥大'"的判断。我们分析认为，由于炉缸中心区域的风量达不到标准，大量的焦炭既无法提供热量，又占据了大部分的炉缸体积。这应该就是高炉指标不好的根本原因。

仰望高炉

　　湘钢人从来就是"急性子"，把厂里的效益看得比什么都重。从停炉到开炉，原定半个月的工程，仅仅用了不到 10 天就完成了。中修之前，我们制定详尽的开炉方案。针对这个方案，大家一起讨论了好几遍，得到了厂部认可。

　　看着炉火再次在这座高炉上燃起，从铁口流出的火红的铁水和飞溅的铁花，我们十分欣慰：不舍昼夜的忙碌得到了回报，紧绷的心也得到了解放。

　　有过前面的经历，我深知事情不可能一帆风顺。对这座高炉，我一直存在着敬畏之心，总是想着一定要思考得更全面一点，才能够在它发生变化的时候从容应对。

奋斗，为了更好

随着时间的推移，高炉产量节节攀升。8 月，2 号高炉日产水平达到了 6800 吨，甚至一度突破 7000 吨，我们以为就要成功了。看着大家眼里难得的光彩，我也放下了戒心。

8 月 29 日，我对这天的记忆尤为深刻。

白班工长告诉我，铁水中的铬、镍含量突然上升了 10 倍。

我想了想，铬、镍不是钢材的有益元素吗？于是告诉他："铬、镍属于有益元素，对高炉应该没有很大的影响。可能是原燃料方面发生了变化，但没有人通知我们。"

意识到这一问题，我立即警觉起来，迅速告知槽下将烧结矿、球团矿、块矿及焦炭取样留存，并请技术室联系化验室加紧化验。

8 月 30 日，化验结果还没出来，但值班室里的气氛就已经明显紧张起来。高炉首先是大幅度掉块、出气流，紧接着就是悬料。

一切来得那么突然。高炉一瞬间就从巅峰跌落。

2 号高炉操作室

恢复过程中，风量一下子少了 400。经过几天的不断努力和尝试，炉况仍然不见好转，我的心情再次跌入谷底。

第一时间，我在网上下载了好些怎样处置铬、镍升高对高炉影响的文献资料，希望从中得到一些解决方案。

遗憾的是，用了一个月的时间调整，高炉仍然没有起色。日产水平由 7000 吨一下子跌到 4300 吨，而且消耗高得吓人。这一变故，再次刷新了我对高炉的认知。

从 2017 年 6 月 6 日中修开炉后，2 号高炉历经曲折，直到 2019 年，日产量才回到 5500 至 6300 吨的水平。

2019 年 11 月 9 日，2 号高炉停炉大修。看着陪伴了两年多的高炉，我无限感慨，也期待它的另一次新生。

半路质检员

高炉出完最后一炉铁，顺利停下来了。

"哈哈，我们终于可以好好休息一下。"

"王哥，你打算大修期间去哪里玩啊？"

"要不，我们值班室组个队，一起出去旅游？"

"小杨，我们去张家界吧，怎么样？来湖南这么多年，就没有好好地出去玩过。"

这时，也不知道是谁说了一句："听说，这次大修我们要自己质检，哪里都去不了。"然后就是一系列的议论："怎么可能？我们又不会质检。""我们又不是专业的质检员，这跟我们有啥关系？""以前其他高炉大修，值班室不是出差学习就是趁机休假嘛。"最后，大家悻悻而散。

奋斗，为了更好

第二天，微信群里炸锅了：请值班室四班工长、炉前技师班长、配管技师班长到厂里接受质检培训。

在胡技师、王技师、杨首席的培训下，我们一个个都成了"质检员"。合不合格不晓得，反正第一个专业词语我就没听过："塞尺"是个什么物件？怎么使用？这是我的第一反应。

接下来，根据车间分配，我们开始四班三运转。专业质检员胡技师、王技师主要在白天巡检，中夜班全靠我们这些"半路质检员"把关。

正因为不是专业的质检员，所以在衡量砌筑质量时的唯一标准就是"按图索骥"，严格按照图纸要求进行质检，一旦找到不符合图纸要求的地方，就要求施工人员立即返工整改。

因为我们的要求很"死板"，所以在质检时总是会与来自各个地方的砌筑工人们"吵架""争论"。

刚开始，这些来自山东、四川、河南、东北的师傅很不待见我们，说他们干了一辈子砌筑工，年龄相当于我们父辈，没见有人这么折腾的，没见有人这么不通人情的。"小伙子，你到底懂不懂质检是搞哪样哦。"我们也不理会，反正就是坚持要返工整改。渐渐地，他们也适应了我们的方式，整改慢慢减少。

较真，出了个"省优"

有一天晚上，炉缸开始砌筑碳砖了。班前会上，我用图纸告诉大家应该注意的地方，就各自检查去了。

我来到炉缸里面，跟上个班的工长对接。他告诉我，现在是进砖的时间，进完砖后才会砌筑，到时候要注意砖缝和水平尺测量情况。交代完工作，他就出去了。当班的负责人老李告诉我：今天晚上只进砖，明天白天才砌筑。我叮嘱他："一定要注意吊装安全，开始砌筑了必须电话告诉我。"

晚些时候，我路过炉前，看到他们仍在进砖，就没有多想。

天还没完全亮，胡技师的电话就来了，让我赶紧到炉缸里去。

进去后，我傻眼了。炉缸里横七竖八地摆放着很多碳砖，都快没有站人的地方了。

胡技师正在跟老李生气："你们想要加快进度，也不是这么个进砖法嘛。砖是进了，但你们准备怎么砌呢？没见过这样搞法的！"

我发现情势不对，忙问老李："昨天晚上你们一共进了多少砖？"

"80 多块！"老李低声回答。

"那……这，怎么办呢？"我小声问他。

胡技师说："还能怎么办？里面都没有砌筑的空间了，只能把大部分的砖再运出去。"

我看到胡技师的脸已经黑了，赶紧督促老李他们把砖一块块地往外运。这件事整整影响了一天的进度。

"胡技师又叫停了一处施工，要求他们全部返工。"小何告诉我一个消息。

我就问他具体是什么情况。小何大致地说了一下。原来，胡技师在风口平台检查的时候，发现围管鹅颈管施工有问题，下部砌筑不平，担心以后会影响送风装置的安装，甚至无法安装，所以就叫停了施工方，要求他们将已经砌筑好的都拆下来重新砌筑。胡技师在整改面前没有当甩手掌柜，而是和施工方一起想办法解决问题，以最快的方案对下部进行了重新砌筑。

奋斗，为了更好

第三天，恰巧是我当白班。围管砌筑现场，我又看到胡技师在和施工队伍沟通，他的声音很大，远远就能听见。"这样砌筑是不行的，投产后隐患很大，不能冒这样的风险……必须停下来……重新返工。"

我仔细一问，原来是砌筑鹅颈管中上部时，大部分的砌筑缝隙都很大。虽然这些缝隙用泥浆填补上了，但不符合设计要求。胡技师认为，如果放任不管，投产后有可能会造成围管区域大量发红，引发生产工艺事故，是非常严重的隐患，必须整改。这一问题，我们这些"半路质检员"都没有发现，想想都后怕。最后，在胡技师的监督下，隐患消除了，但本该两三天完工的围管鹅颈管工程，整整花了 6 天时间。

终于迎来了试压环节。高炉整个系统试压，最后检测到的漏压点都以画圈的方式描出来，我们质检员的身份也告一段落。试压结果说明，我们这群"半路质检员"的方向是对的。58 天的时间，作为全国同类型高炉大修用时最短的工程，成功获评湖南省优质砌筑项目。

特殊的取火仪式

一切准备就绪。

我们无数次地修改开炉方案，熬了多少个通宵，无数人为之铺垫、准备，就是为了这一天的到来：2020 年 1 月 6 日。

开炉前，我们想着要确保高炉顺利开炉，并且快速实现达产、达效目标，这样，大家就能过一个愉快的春节假期。炉料已经按照计划分布到高炉内部，开炉准备就绪，只欠一把热风。

我已经好几天没有回家了。为了今天这个时刻，特意赶回家洗了个热水澡、刮了胡子，换了一身干净的工作服。

匆匆来到现场，想着成败在此一举，心情竟有点凝重。公司选择在这种时刻赋予 2 号高炉新的生命，并把它交到我的手上，我感到担子的分量。面对公司的重托，没有任何理由和借口不搞出成绩来。

开炉前，公司与炼铁厂统一意见，把最好的原燃料都优先供到这座高炉上，彻底堵住了我们的后路。我们选择了不一样的路，学习先进钢厂模式，采用非中心加焦开炉。这并不是我们熟悉的开炉模式，需要从原来的模式中突破出来。为此，提前做了大量准备。

对于我们搞工艺的来说，并不是一把热风吹进去就能万事大吉。但是，这把热风是不可或缺的，它是高炉的动力。因此有人建议也来一个传承，像奥林匹克运动会一样，去发源地取一个火种。于是，我们准备了一场关于薪火相传的开炉仪式，将 1 号高炉的火种传到 2 号高炉，以此纪念湘钢高炉的发展历程。

开炉仪式上，我从 1 号高炉炉长的手中接过了象征传承和相互扶持的火种，在护送队的护送下，顺利地传到 2 号高炉的炉台。见火把到来，炉台上的所有人仿佛看到黎明、光亮和希望，一下子安静下来。

高炉从来没有这么安静过，大家的目光跟着火把移动。当火把在集火堆上点燃的时候，炉台一下子变得热闹起来，翻天的掌声冲淡了我忐忑的心情，我和大家一样，都十分激动。

公司、炼铁厂领导把象征使命与传承的火种通过风口送进高炉内部，看着所有的工长把大盖关紧密封，随着 18 点 08 分的一声令下"点火开炉"，我真真切切感受到了传承的重要性。

未知的等待总是漫长。即使历经了几次开炉，事先有过无数的演练、推算，此时我的心境还是有点急躁。高炉工作是最需要冷静耐心的，因此也是最能够打磨人心的。业内一直流传着"炼铁就是炼心"的说法。我在内心告诫自己："干高炉一定不能急躁，面对这个黑匣子，必须要保持足够的冷静和耐心，才能解码它的内核。"

看着电脑屏幕上的曲线，我确认热风已经送进高炉内部。风温从50℃、100℃到200℃、300℃，不断爬升。我要求外围工长不停汇报风口平台的情况，外面传回来的声音却是："风口还是黑的，没有什么变化。"

又过了一会儿，对讲机里传来了一阵兴奋的声音："着了，着了，风口亮起来了！"

我激动得跳了起来，但是回头一看，后面全都是公司领导，瞬间就意识到有点过于激动了。

整理了一下心情，我到厂领导面前汇报："厂长，风口已经亮了，火点燃了！"随之而来的是大家热烈的掌声，现场所有人都和我们一起见证并分享了这次喜悦。而我则从人群中迅速消失，拿着视孔镜来到风口平台，我需要确认一下。看着风口视孔里面穿透出来的亮光，我悬着的心这才真正落地了。

从当天18点08分高炉送风，19点36分探尺开始活动，23点38分煤气开始回收，到次日4点45分铁口吹出煤气逐步堵掉3个铁口，我们历经了一次悬料、坐料。这仿佛一个新生的婴儿，一下来就用悬料、坐料的方式向我们打招呼。他似乎是想宣誓日后不同凡响的征程，却把我们的心脏都"熬"了一遍。

距离高炉送风已经24小时了，高炉风量来到3100的水平，按照理论计算，炉内囤积的铁量应该有500多吨了。18点18分，炉前技师命令炉前班长把铁口打开。看着火红的铁水从孔道里奔涌而出，我们的内心也奔涌着喜悦。也正是在这时，鞭炮一片轰鸣，吹响了高炉新征程的号角。

第一炉出铁 740.339 吨，铁水硫含量 3.6，铁水温度 1536℃。这一切都说明，我们前面的推算是合理的、准确的，这个结果，一下增强了所有人的信心。

之后，按照既定方案，根据风量水平和炉前铁口工作情况，不断透开堵的风口，风量水平也逐步提升。

高炉煤气利用率逐步升高：46%、47%、48%、49%、49.5%……湘钢历史上最好的煤气利用率呈现在人们面前。我们选择的这种开炉模式，取得非常好的效果，开创了湘钢高炉新的开炉之路。

1 月 9 日 15 时 35 分，高炉开始富氧。2000、3000、4000、5000、6000、7000、8000，不断提升。

高炉日产铁 5278.81 吨，实现达产目标。日产铁 6532.33 吨，实现达效目标。

看着铁水一罐一罐地运往三个炼钢厂，大家都舒了一口气。大家超预期完成了公司、炼铁厂交给我们的任务，一起创造了新的纪录。我也实现了当初对自己的承诺——从哪里跌倒，就从哪里爬起来。

高炉的征程永远都不缺少的就是奇迹。第十二天的时候，铁水日产量升到了 7000 吨，再次刷新纪录。这一年，我们通过不断地摸索，终于摸清了这座高炉的脾性，一年 10 次刷新月产量纪录，一路披荆斩棘，突破日产量 8000 吨大关，再到 8100 吨，直到一口气拿下了 8300 吨，我们站到了国内同类型高炉的顶端。与 2019 年相比，2 号高炉日产量提高了近 2000 吨，焦比下降 50 公斤／吨铁，燃料比下降 62 公斤／吨铁。

奋斗，为了更好

这座高炉与我，一路牵绊，一路成长，见证了湘钢炼铁人的激情、斗志与担当。

这一夜，睡得很香

中班休风，复风不久，交代了几点，我就来到楼上办公室准备休息一下，然后换身干净衣服回家。这时，已是夜里 12 点了。

"咚、咚、咚……"门外突然传来一阵急促的敲门声，我的心里"咯噔"一下。"主任、主任……"

小刘的声音很急："高炉好像出问题了。"

我用最快的速度来到高炉主控室，习惯性地抬头看了一下大屏幕，高炉顶压 50。看着那根黑色的线一路笔直下滑，第一反应就是减压阀组出现问题了。我立马夺过操作鼠标，第一时间停氧，然后开放风阀减风……很快，炉子恢复过来了。

事后复盘，当时高炉压差已经达到 250，再晚一分钟处置，后果不堪想象。

我问小刘，"我特意交代了注意事项，你是怎么回事啊？"

小刘摸着额头红着脸说："主任，我知道要减风，但是我不敢动放风阀。"

我一听，心里凉飕飕的，后背直冒冷汗。作为一个高炉操作者，竟然不会、不敢处理异常状况，这是我们面临的大问题——青年人该如何成长？

我回过神，对他说："你要相信自己，也要相信自己的判断。干高炉既要冷静、细腻，又要果断。如果不及时处理，高炉的炉况走势就会改变。"然后，我与他复盘了整个事故，教他如何预防事故、出现问题时的处理方式等等。

夜已经深了。我没有回家，直接在办公室的沙发上躺了下来。这一夜，我睡得很香！

（整理：王经鑫　文字编辑：王文新）

奋斗，为了更好

跑好接力棒

汪烁枫

2024 年 2 月 6 日，是农历腊月二十七。这天下午，赵哥的电话响个不停，那头不断催促："287 批，35 号钩，钩号识别了，但二级没录入系统，易造成混质混号事故，请调查原因并整改。"

另一边，张哥的电话也响了："这不是补录的事情，没有发现就是混质混号！必须从源头解决问题，不能事后弥补。这种漏洞造成的后果，我们无法承担！"

我问道："高一线物料跟踪系统这是出了啥事儿，咋各个岗位都在反馈？"放下电话的赵哥说："没事，说明咱们这套系统各个岗位都在用，再迭代优化一下。没反馈才可怕呢，说明系统没人用呀。"

随后，越来越多的维护需求电话涌入了。我们查找原因才知道，几小时前，高一线跳电复产之后，二级系统就不太好使。整个下午，同事们都在紧急地查找原因。晚上，微信上"线材维护群"的消息不断，"炼钢发坯支数异常""加热炉混号风险""卸卷实绩看不到"，各岗位都在要求我们瑞菱公司尽快恢复二级服务器。当晚，我们一边补录修正信息，一边紧急寻找备用服务器硬盘，试图恢复二级系统。

2 月 7 日，腊月二十八。上午，领导指示："投入全科室人力物力，全力恢复高一线二级系统，确保顺利过年。"大家一直忙到下午，微信跳出一则群消息："高一线二级系统已恢复，需要重新下发炉内坯料的计划数据，重新匹配。"大家心中的石头才落地，可以安心过年了。

这套系统如此重要，是因为它贯穿了精炼、连铸、加热炉、轧钢、精整等多个工序的物料跟踪。有它在，生产安心，职工安心。它的建设过程，跨越了老中青三代人员，历经 9 年，至今还在接续长跑。

起跑："干掉"跑号单"

2021 年，为了搞好"传帮带"，部门决定由赵工牵头，梳理原有高线物料跟踪系统的源码与逻辑，对新入职职工进行培训。

赵工拿画笔在智慧屏上指点飞扬，讲解无线射频识别（RFID）的识别代码。我和几个新入职的大学生摆好小板凳，端坐在智慧屏前，满脑子想的是：赵哥，这里为啥要加个双重判断，感觉多此一举呀；赵哥，这个连锁太奇怪，是要做啥子嘛！

实在忍不住，我举手提问："赵哥，我们没见过这个系统，搞不清它的作用。你能不能给我们讲一下，当时为啥要做这个系统？"

赵哥清除智慧屏的画板笔迹，又再次画了几个框："那你们得了解什么是'跑号单'。当时，RFID 就是为了消灭跑号单。"

我这才了解到，原来在 2015 年以前，湘钢的高速线材生产线并没有物料跟踪系统，只有跑号单。"跑号单大概就长这样：左边记录批次号，右边记录上卷钩号，由集卷岗位的工人记录下来。那可不敢记错记漏了，注意力一定要高度集中，"赵哥补充道，"你们

讨论自动导引车调度方案

再想下，它为啥要叫跑号单？因为工人记录完后，得赶紧跑步前进，把它送到下一道工序。"

"那是不是称重岗位也得记录一次，记录完之后还得跑步前进送给卸卷？"

"你真聪明。所以它叫跑号单，要有人去跑嘛。"

"大家上班，还能顺便跑步锻炼身体，多好。"

玩笑归玩笑，我和小伙伴都清楚，这对工人的精神和体力消耗也太大了。而且，生产节奏也提不起来。旁边的小吴问道："这个 RFID，也不是你的专业所学啊。"赵哥笑了笑，道："湘钢精神，善于学习嘛，谁还天生就会这玩意儿。当时调试了好多天呢，老出问题，你张哥、杜哥跟我一起，熬了几个通宵才搞定。"

"不过，这么多年过去，RFID 也到寿命了，备件成本让现场吃不消，高一线已经换成了视觉识别，你们谢哥配合专业公司实施的，效果还不错。估摸着，高二线和高三线也会跟进。"

正是这句话，给台下的年轻一代埋下了一颗种子。

"我们也想试试！"

从此，团队开始做视觉技术的储备。

接棒：遇上了"墨菲定律"

果然，2022 年时，高线厂想要把高二线与高三线原有的 RFID 识别系统全部替换为视觉识别系统。听到消息，我们既高兴也担忧。高兴的是，准备了这么久，终于等到一个场景验证的机会了；担忧的是，虽然准备很久，却还没真正做过一个场景。犹豫之际，大家想起 2021 年那次培训时赵哥说的话："湘钢精神，善于学习嘛，谁还天生就会"。我们选择了勇敢地接棒，但问题也接踵而至。

我向小伙伴表示了我的担忧："我们现在的识别速度跟不上。我算了下，每个点位 1 秒钟最多能够识别 3 次，不知道能不能满足现场需要。"小伙伴安慰道："放心吧，我们在现场转了那么久，这个速度肯定够用。"

然而，往往越怕出事就越会出事，"墨菲定律"起作用了。我们去现场跟踪时，高线厂工人跟我们反馈："好像识别起来比之前的 RFID 还慢了。"果然，我们还是高估了自己。不过，有问题就努力解决，经过大家的共同努力，我们终归还是找到了解决方案。

又接到工人反馈说，天车总是漏号。我们去了现场几次，却都无功而返。我有点抱怨地说道："这个系统该不是'薛定锷的猫'吧，我们一来，它就乖乖正常工作；一离开，背地里又搞罢工。"旁边的工人解释："说明你们跟踪的时间还不够长，连续跟几个班看看。"

我听出来了工人的意思，年轻人虽然接了棒，却还没有接过通宵陪产的优良传统。想到这里我当即表示："工作日有其他事情走不开。这样吧，周末我们轮流来跟一个整班。"终于，漏号不负苦等的人，终于把它等到了。看到自己做的系统出现异常，大家却兴奋得跳起来。我们详细记录问题出现的时间点，回去反查历史数据，最终消除了系统漏洞。"赵哥啊，诚不欺我。"

到先进钢厂对标学习时，部长指着钢包炉问我："这个炉子上的两排点点，是什么意思？"我一下子也懵了，看了几个炉子，他们这两排点点的排列方式还不一样。很多天后，无意中翻看当天的照片，我突然意识到两排点点为二进制，是钢包炉号的双重保险。我将这一发现告诉部长，他说："那你想想，我们能应用到哪里。"后来，这个"校验码"机制被我们运用在高线视觉识别系统中，进一步提高了精整区物料跟踪系统的准确率。

冲刺：精品高线，我们来了

2023 年初，公司宣布新建一条精品高线，同步配套物料跟踪系统。但当我们看到初步设计图纸时就在纳闷："怎么找不到精整区的几个关键岗位操作室，集卷、打包、称重、卸卷岗位都在哪儿呢，该不会给漏了吧？"

推进会上，精品高线项目组解答了疑问：整个精整区只能有一名操作工。好家伙，这条先进生产线对系统自动化程度及稳定性的要求，远远高于湘钢原有三条高线。

2023 年 9 月 28 日的一条群消息让大家振奋也担忧：精品高线顺利过红钢！这意味着，物料跟踪系统即将成为关注点，而我们还没搞定立式卷芯架和剪头尾掉头区域的物料跟踪。形势逼人啊！

起初大家认为是软件逻辑有漏洞，后来发现，根源在于"一级信号不准"。精品高线还处于调试期，到位信号时有时无。大家陷入苦闷之中。一级调试并非一朝一夕就能完成，这样系统依然没法正常运行，这不是让精整区那位唯一的操作工，每天就负责补录修正吗？怎么感觉跑号单它又回来了呢！

"多试几个信号，也许还有其他信号可用。""用摄像头来判定是否有钢卷吧，视觉信号替代，准确率肯定高于现在的一级信号。"在你一言我一语的头脑风暴中，大家提出了多种尝试方法，实施效果也确实好多了。

2024 年 2 月 7 日下午，与高一线跳电后物料跟踪系统恢复的同一时间，精品高线的物料跟踪系统也投入运行。此外，远程停送电系统、原料库 / 平面库天车无人化等多个由我们瑞菱公司实施的项目，也成功应用在精品高线。为确保生产顺畅，及时跟踪处理异

开发物料跟踪程序

常，我们这个信息化团队也安排了工作人员在春节期间陪产护航。"确保顺利过年"这一目标，我们实现了。

（文字编辑：胡佩生）

"小目标"的故事

郭春光

我怎么都没想到，在阳春这个边远的粤西县城工作的这些年，会成为我人生经历中浓墨重彩的一笔。回忆起阳春新钢铁炼钢厂效率提升的故事，至今让我激动不已。

我们的故事，要从 2016 年说起……

他是疯了吗？

2016 年 2 月底，阳春新钢铁下达 3 月份的生产经营任务，希望各二级单位抓住市场回暖的有利时机，快速提升产量。

3 月上旬，新调任炼钢厂的厂长老彭内心焦急。他找班子成员商量，提出要快速适应公司生产经营形势的新要求，最大限度地消耗铁水、减少铸铁机翻铁量，说白了，就是炼钢要提产。3 月中旬，他拿出一套方案，组织厂领导班子、各车间和科室一把手讨论，方案的重点，就是每天要炼钢 70 炉，钢产量达到 8000 吨。

"日产钢 70 炉，产量 8000 吨，他是疯了吗？"

"我们从没搞出过这么高的产量！"

"设计产能也不过日产钢 6800 吨，8000 吨？根本不可能！"

大家都在小声嘀咕，但谁也不敢明确说出自己的看法。

奋斗，为了更好

钢产量要提高，连铸拉速势必要跟上。但拉速一快，事故就多。在让大家表态接任务的时候，身为连铸车间主任的我沉不住气了："彭厂长，你这样搞是不行的，会出问题。"

"你怎么判定就一定会出问题？你有证据支撑你的判断吗？"彭厂长问我。

面对他的质疑，我也只能摇摇头。但我想，老彭的这个做法真是"疯"了。

面对众人的不上心，老彭有点火了："还没想办法，就说干不了？觉得自己干不了，就把位子让出来！"面对老彭的怒火，众人都惊了，议论纷纷，都认为老彭的这一次发火，是新官上任来炼钢厂烧的"三把火"之一。

"火"烧起来了，任务无论如何还得接。

让我尴尬的喜报

2016 年 4 月 1 日起，炼钢厂推行"日产钢 70 炉，产量 8000 吨的精益生产组织模式"。

全面推行 480 分钟（工作班）生产管理，消除生产组织过程衔接时间的浪费，稳定操作，减少事故……新模式推行的当月，钢产量突破 23 万吨，平均日产钢 7685 吨，产量创历史新高。5 月初，公司领导送来喜报，我反而有些尴尬——毕竟是我担心这样搞不行、会出问题的。

公司领导说了，虽然我们的日产量目标没能一步到位地实现，但是大大突破了之前的产量，离目标更加近了，值得庆贺！

老彭也说，我们要把大目标分解成一个个小目标，每一个小目标实现了，大目标自然就完成了，这叫水到渠成。

产量取得大突破，激发了全车间员工的积极性。大家主动发现问题、解决问题，针对减少连铸漏钢率、降低合金和能源消耗、增加副产品回收等难点，逐个攻关。这一年，炼钢厂通过构建全新的生产组织模式，仅用 11 个月就完成了全年的生产任务。12 月上旬，生产技术管理室算了一笔账：前 11 个月炼钢生产成本一共降低 5558 万元。这个振奋人心的数字，给公司的"精益创效"主题年交了一份满意的答卷。

事实证明，钢水日产突破 70 炉，产量达到 8000 吨的小目标并不是什么难题。难就难在不敢想、不会想，对"突破"总是持怀疑态度。这是实现小目标带给我们的重要启示。

这套系统真管用

2016 年之前的那几年，整个钢铁行业形势严峻。仅 2014 年一年，炼钢厂辞职人数就达到 128 人，辞职的这些人，大多数是觉得看不到企业的曙光。那段时间，公司推行节缩开支、深挖内潜的方针，艰难地维系职工工资。那两年，我们的企业差一点没熬过那个残酷的"冬天"。

这些画面一次次浮现在大家脑海中，我们不希望企业再次陷入这样的窘境，"活下去才是硬道理"已成为大家的共识。那么，怎样才能活下去？日产钢 70 炉、产量 8000 吨，这个水平还能不能有所突破？提产、提效之仗怎么打？这些问题在职工中引起了几波广泛讨论。大家普遍认为，与其"守株待兔"，坐等市场好转，不如两眼向内，增强实力，主动冲破困境。于是，厂里提出了日

讨论连铸结晶器维修细节

产钢 8200 吨的新目标，这一次，人们不再质疑，反而个个摩拳擦掌，准备大干一场。

厂里派出一部分骨干外出对标学习。他们发现某钢厂上了生产管控系统后，作业效率提高了 1.4 倍，既惊讶又羡慕。

"1.4 倍？这也太厉害了，是怎么做到的？！"

"要不，我们也上一个？"

"这主意好！"

一同学习的伙伴们议论着。

回到阳春，厂领导先后了解了国内做这个项目的几家公司，对它们进行细致分析和比对，然后整理出思路：做具有阳春新钢铁特色的炼钢生产智能管控系统。这一提议，得到了公司批准。之后的几个月，技术人员做了大量工作：分析生产组织管理的现状，找出问题；深入一线调研，掌握岗位实际需求；围绕准时化生产模型，一点点匹配作业"时间流"，光准时模型一项，就花了 15 天进行不间断跟班；对采集的 7400 余项数据一个个核实核准，完善后期维护和应急处理方案。

原有的生产管理系统不断地被打破、揉碎，再重建、优化。2016 年 7 月 15 日，炼钢生产智能管控系统一期上线，10 月 31 日全面上线。这个系统就像一根无形的钢索，连接起炼钢生产每一道工序、每一个岗位、每一台设备、每一个系统，既投入少，又操作便捷，深受一线员工欢迎。从此，炼钢厂的生产管理进入了信息管理的新阶段。

炼钢生产智能管控系统真管用！使用这个系统后，我们的全流程生产时间优化了 20%，钢水日产量屡有新突破。2017 年，有 6 个月的钢产量破历史纪录，生产能力由原来的不足 260 万吨一跃提升到 320 万吨。

阳春新钢铁登上年产钢 300 万吨新台阶

奋斗，为了更好

再一次跃升

单炉钢产量提升后，连铸机的生产能力就显得不足。要实现转炉与连铸生产周期的匹配，现在的 3 台连铸机根本不可能实现。整个连铸眼看着成为全厂生产的瓶颈，提升连铸机生产能力刻不容缓。

恰在这时，机会来了。为提升产能，公司提出铸机断面改造的初步想法。

经过大家的深入思考，我们向厂里递交了连铸机断面改为 155 毫米 ×155 毫米的计划书。公司迅速开展可行性研究，并完成立项。

第一次做连铸机断面改造，该从何入手呢？

结晶器是连铸生产的关键设备，而结晶器铜管又是改造的核心难点，改造过程需要十分留神。公司集中多个部门的力量，与设计院共同完成断面改造设计图纸数据的论证。

后续设计改造的是喷淋、水套等十余项设备，其重要性虽不及结晶器和铜管的改造，但设计不好将会对连铸机生产能力、铸坯质量、冷床承重产生较大影响。团队因而对此慎之又慎，在原设计基础上修改了百余项改造项目，又利用现有的生产条件进行多次演算和调整。

9 月，第一批断面改造设备结晶器和铜管组件抵达现场。

断面改造事情繁多，为了不影响生产，很多改造项目安排在中夜班的浇次间隙，我和同事们一起，没日没夜守在厂里。

一次开会，我热情地邀请一个同事坐到身边的空位，他摆摆手拒绝了，开会的时候也离我两米远。我心想，是不是我平时太严厉，大家都故意躲着我？

后来，罗师傅对我身上的味道提出疑问："什么味？"，他委

方坯连铸机断面改造推进会

婉地对我说："备货的这段时间你没必要天天守在厂里，回去洗个澡，备件进厂还有你忙的。"

这时候我才知道，原来，他们是嫌我身上的汗酸味太重！

9月22日，3号连铸机第5流次实验成功，打响了连铸机断面改造第一枪。

当然，改造过程也不全是顺利的。我们没对稳定液面的铯源接收器做设计考虑，将其埋深了，导致探测不到液面波动和控制情况，只得被迫重新调整和改动。这次的教训也警示大家，技术方案必须考虑周全。

在3台连铸机中，最后改造的是用湘钢旧设备组建的2号连铸机。这台铸机自投产以来就不断地有一些毛病。设备老、性能差，日常生产跑不赢另外两台铸机，需要不断修修补补。它的内弧半径小，改造的话又不能移动横梁位置，在加大断面、提升拉速的情况下，怎样克服冷却区段短的问题难住了我们。

经项目组多方研究、反复实验，一项项核对、一点点调整，

奋斗，为了更好

我们找到了最合适的冷却区喷嘴间距和冷却段分区长度，最终啃下了这块"硬骨头"。改造前，2 号连铸机使用的是单独的各类备件，改造后，3 台连铸机实现了备件通用和生产能力的同步。

2017 年 10 月，经过项目组全体人员的共同努力，3 台连铸机的断面改造顺利完成，投产即达效。投产第二天，炼钢厂日产量迅速提升至 9100 吨。

正是有了这个项目，阳春新钢铁的生产规模一跃达到每年 300 万吨钢。

最骄傲的事

连铸机改造后，可喜的是，它们的拉速并没有因断面改大而下降，仍然维持了至少 3.5 米 / 分钟的工作拉速。

找对了效率提升的道路，各项改革改造工作就像开了挂一样。

通过氧枪、出钢口等多个项目改造，转炉的冶炼周期缩短了将近 8 分钟。两座转炉对应 3 台连铸机生产模式不断优化，炼钢厂的生产效率呈螺旋式提升。

尽管连铸工序已进行了三轮提速，但转炉的生产能力还是大于连铸的生产能力。能不能匹配各项生产条件，让铸机拉速更快一些，效率更高一些？

生产条件的各种组合我们都想到了，可拉速最高也就能到 3.8 米 / 分钟。这种紧迫的生产状态又让我们犯难了，前有转炉追，后有轧钢逼，眼看着钢坯库一天天堆满，大家心急如焚。

经过讨论，我们决定与一家设计院开展一项新型铜管的合作研究。

在广东电视台现场录制节目

新研发的铜管最后被称为"一种高效均匀冷却的结晶器铜管"。这项专利成果成功实现工业化生产，大大提升了小方坯连铸机的生产效率，仅当年就降低生产成本805万元。大家还齐心协力完成了多项与铸机拉速提升配套的改造，连铸机平均拉速稳定在4.0米/分钟以上，达到国内同类型小方坯连铸机拉速、效率第一的生产水平。

拉速决定连铸机的生产效率，那么，又如何进行高拉速和铸坯高质量之间的平衡？团队一项项试验、比对，最终突破高拉速技术壁垒，研发出高效结晶器和保护渣。2019年7月，连铸车间成功将已投产10年的国产连铸机生产拉速推进至5.07米/分钟，并保持生产稳定，铸坯质量优良。这个偏远的粤西钢铁企业，创造了属于自己的国产小方坯连铸最高拉速纪录。

2020年10月31日，历时15个月后，炼钢厂再一次完成了多个项目改造和优化，自主开发了适用于阳春新钢铁高效小方坯连铸机的冷却技术、振动系统、准时化生产体系。连铸高拉速研究再

奋斗，为了更好

一次取得新突破。1 号连铸机生产的 HRB400 钢种，实现单流最高拉速 5.73 米 / 分钟，打破自己 2019 年 7 月创下的 5.07 米 / 分钟的超高拉速纪录。

2021 年 12 月，阳春新钢铁的"方坯连铸高效化核心技术研发与应用"项目，荣获广东省质量协会颁发的质量技术一等奖。

炼钢厂生产效率的提升，是通过制定一个又一个"小目标"，然后一步一步去实现的。我们奋斗在其中，虽然辛苦，但更多是成功后的喜悦。

（整理：冯建华　罗素南　文字编辑：刘纲要）

师父和徒弟

胡石强

　　高铁穿过南岭，越往南走，天越蓝、云越白、大地越绿。然而，车厢里的一群湘钢炼钢厂管理、技术和生产骨干，却没有心情观赏窗外景色，大家内心五味杂陈。他们此行的目的地是湘钢子公司阳春新钢铁，任务：对标学习。

　　2023 年，炼钢厂一季度生产指标波动，面临现实与目标差距较大的问题。比方说，在许多人看来，单位合格坯料所需的金属物料几乎降到了极限，怎么可能再降呢，空间在哪里？

讨论转炉下料口氮封流量

困惑之际，远方的阳春新钢铁受到关注：该公司多项指标都明显超过湘钢本部的炼钢厂。这个消息，在炼钢厂员工中引发轩然大波——他们究竟是怎么做到的？

在湘钢，炼钢厂是转炉炼钢"祖师爷"级别的存在，宽厚板厂、五米宽厚板厂，包括后来的阳春新钢铁，无不是炼钢厂抽调力量大力支援，才建设发展起来的。就说这次参加对标学习的人们，对阳春新钢铁并不陌生，此前曾不止一次去过，但那时候是去当师父，传授指导。后来，随着阳春新钢铁指标进步，他们也去搞过参观交流，但发现不多，印象不深，成效不大。其实，主要还是心态问题。大家仍然端着师父的架子，难免有点走马观花。

这次，炼钢厂组织员工分批前往阳春新钢铁对标学习。每一批队伍出发时，厂领导都会特意叮嘱大家一定要放下身段，完成"角色互换"。只有把自己摆在徒弟的位置，才有希望取回"真经"。

两个老师傅

老谢收到通知，前往阳春新钢铁参加为时一周的对标学习。到了那里一看，他顿时感到十分尴尬——老谢的学习导师，竟然是他早年的徒弟小杨。

小杨望着老谢，脸上带着微笑，眼神中流露出不安与惊讶。他向老谢讲述他们师徒俩分别的几年里，自己的成长与蜕变。老谢听着，内心"波涛汹涌"。

观察小杨演示的操作流程，老谢又看了看自己掌心的老茧、手背的沟壑，虽然内心有些抹不开面子，但他还是压下自尊，在小杨的指导下，熟悉并开始掌握新的操作方法。

开发氧枪吹炼模型

　　离开阳春新钢铁的前一晚，老谢静静地坐在窗边，想起自己在炼钢厂的二十年，想起小杨的成长史。他琢磨明白了：炼钢操作不是一成不变的，只有不断学习和改变，才能不被形势所淘汰。

　　毛师傅对标学习回来，同事们迫切地问他，有哪些方面的发现和收获，他却避而不谈，只是不断列举炼钢厂的硬件问题，最后还来一句："阳春新钢铁那一套，我们学不来。"这让听的人未免有些失望，原本他们是期待能通过对标学习，促进改善炼钢厂当前状态的。

　　不久后，湘钢举办技能比武大赛，阳春新钢铁派出队伍参赛，在转炉工艺比赛中取得绝对优势。而比赛地点，就在炼钢厂。

　　比赛前，炼钢厂公布的组织培训和理论知识考试的消息，让许多工人颇有点不以为然。他们觉得，熟悉操作流程就行，理论知识无关紧要。可这次比武，给了炼钢厂沉重一击，特别是对毛师傅而言。他开始反思，问题并不在于硬件，而是人。人的思维必须改变，要用发展的眼光去看待并接受新的东西。过往的自负，掩盖了他对新工艺的畏惧，这才是他推脱改变的真正原因。

躲雨时的发现

炼钢厂的转炉操作专家组成团队进驻阳春新钢铁，进行深入的学习交流。罗主任他们走过厂房、跨过铁路，穿过宽大的废钢库房，结果刚走出库房，就赶上一场突如其来的大雨，几个人赶紧又返回库房躲雨。

这时他们才注意到刚才经过时没有留意的现象——所有废钢车辆都整齐地停放在库房之内。"为什么这样？我们的废钢车都是露天停放。再说了，废钢库房也不方便摆放车辆啊。难道这里边有什么讲究？"

面对众人的困惑，阳春新钢铁炼钢厂原料车间沈主任解释道："南方雨水多，尤其阳春这边，雨还不是一般的多，而且下得大。把废钢车停在库房内，是为了防止废钢被雨水淋湿。"在他们这里，淋过雨的废钢不能直接卸到废钢班，而是要在废钢库房风干后再使用。同时，供应商在下雨天还必须给供货车辆加盖雨布。

双方深入探讨。淋湿的废钢加入炉内，含水量高达 2%～3%，水分蒸发会带走热量，增加能源消耗。水分也带进氧元素，在炉内与炉料产生剧烈的化学反应。而水附着在废钢表面，很容易形成一种隔膜，减弱热量传递，影响吹炼过程中废钢的熔化程度，降低金属收得率。另外，转炉的炉渣也会非常稀，不利于后面的溅渣护炉。确保废钢干燥配槽，也同时解决了炉内温度忽高忽低的问题，生产稳定性明显提升。

跟踪转炉冶炼效果

亲兄弟，别捂啦

炼钢厂员工成功实现了师父和徒弟的心态转换，对标学习充满了热情，阳春新钢铁的员工也乐于分享经验。随着时间推移，炼钢厂部分经济技术指标越来越好，某些方面甚至赶超了阳春新钢铁，受到上级表彰。面对这种情况，阳春新钢铁的员工开始感到压力，再次对标交流的时候，有的员工就变得趋于保守，对好的做法选择捂着不讲。

两个厂的领导敏锐觉察到这种微妙变化，他们组织双方之间的培训和技术研讨活动，鼓励员工们相互学习，共同提高。阳春新钢铁的员工们又重新找回热情，积极参与和总部炼钢厂的对标交流，而且更加深入，不仅谈经验，也共同探讨自身面临的问题。

每当有阳春新钢铁的员工回到湘潭，本部炼钢厂的员工经常邀请他们来家中做客，在轻松愉快的氛围中对标学习。这种学习方式，也给炼钢厂未能参加对标交流活动的员工们提供了机会。

让经验发酵

阳春新钢铁炼钢已经迈入数字化生产阶段，将所有现场业务数据化，不仅解决了数据统计难题，而且实现了数据的实时在线跟踪。炼钢厂的员工们对标学习回来后，在现场安装高精度计量仪表，跟踪每项能源的实时消耗情况，并将这些数据接入公司能源管理系统。

对标带来的启发在不断发酵。炼钢厂尝试通过计量仪表数据采集和集中控制，实时查阅设备运行状态并生成趋势曲线，分析并预测设备的未来运行情况。厂领导鼓励员工关注这些数据，及时发现并解决问题，优化设备运行状态。

炼钢厂深入研究阳春新钢铁的经验，发现3座转炉的氮气消耗可以统一为共同流量。改动后，每吨钢的氮气消耗量减少将近30%。又推出一系列针对转炉钢铁料消耗的优化项目，包括铁水精准供应、转炉精细操作、炉内温度热平衡攻关、经济铁耗、废钢结构比例优化等，为湘钢本部其他2座钢厂提供可供借鉴的做法。

这年头，已不再是过去论资排辈的时代了，谁搞得好，谁就是师父。2024年，炼钢厂又派出队伍南下，目的地仍是阳春新钢铁，任务嘛，还是对标学习。

（文字编辑：胡佩生）

"冲锋"组合

周禹

看着折罐时漫天蝶舞般飘荡的火雨，我的心头无比震撼。炼钢十多年了，啥样的钢花飞溅没见过？可眼前的场景除了带给我完全陌生的体验外，更多的是疑惑和迷茫。为什么钢花不是像往常一样直接迸射开来，而是如同燃烧的纸片缓缓飘落？钢水刚开始浇铸就堵死了，这炉钢到底出了什么问题？我在心头叹息，转头一瞄，冲哥也是眉头紧锁，一动不动地沉思。

冲哥

这是厂里第一次冶炼 12Cr1MoR 这个品种时的场景。作为当时容器钢的旗舰品种，市场的售价每吨都在 3 万元以上，而且被个别企业垄断着。那时，正值五米板厂建厂不久，在湘钢品牌战略升级、打造高端形象的关键时期，这个既能体现技术水平、又能带来良好经济效益的项目被提上了日程。

在品种设计阶段，大家都是信心满满，只是磷低一些、合金元素含量高一些罢了。仔细点、慢慢搞，先摸索着炼出一炉应该还是没问题的。然而，无情的现实给了技术人员一记响亮的耳光。就这么一炉钢，已经冶炼了超过 24 小时。经过数次"劫难"，这炉

奋斗，为了更好

钢终于来到最后的浇铸环节。正当我们满怀希望之际，没想到又出了岔子。过来接班的岗位人员都蒙圈了，从来没见过这么一炉钢，从入炉开始，过了一天居然还在炉内冶炼。再一打听，说跟踪的技术人员也换了一次班，唯独剩冲哥还红着眼睛，灰头土脸仍然坚持全程跟踪。

冲哥是我们精炼车间主管生产技术的副主任。他从宽厚板建厂开始搞精炼，文文弱弱的模样，戴着一副度数不高的方框眼镜，温文尔雅，妥妥的知识分子。

平时低声低调的他，此时突然嗓门大开："我知道了！"

正在琢磨原因的我，被冲哥吓得一哆嗦。

"冲哥，你吓死我了！你知道啥了？看个折罐你能知道啥？"

"我知道为啥钢水浇铸不下来了！"

"冲哥有啥大发现？"边上的技术人员立马围了过来。

"钢水温度低了！"

"怎么可能嘛，钢水温度已经比正常提高了10℃，什么原因堵都不可能是结冷钢堵。"我坚决地否定道。

"就是嘛，不可能，不可能，讨论方案时还特意提高了温度的嘛。"

大家纷纷否定这个观点，摇着头准备四散而去。

冲哥看着冶炼实验方案的温度要求，坚定地说："不，就是温度问题，钢水黏度太高，温度还得加。"

我们这群人都对他的观点不以为然，有的人甚至嗤之以鼻。大家正准备更换思路重新讨论时，冲哥说不如一起到连铸看看换下来的水口，里面到底堵的是什么。

就这样，一群人吵吵闹闹地冲上了铸机，把静静躺在地上的水口包围了起来。大家一个个蹲下身子，再把头贴近地面往水口眼

组织攻关讨论

里面看，就像一群围住手术台的实习学生。

可当我们看到水口时，纷纷露出难以置信的神情，谁也说不出话，就这么愣愣地望着水口出神。水口中间黑沉沉的，泛不起一丝光泽，仿佛黑洞一般。是的，堵死水口的，正是冷钢。

短暂的沉默过后，大家的目光齐刷刷地转向冲哥，满是寻求答案的迫切。

"枯叶"背后的秘密

"我的猜想应该没错，不过我还要去折完罐后的地面确认一下。"冲哥摸了摸下巴说。

"地面有啥好看的？"

观察渣样

"别废话了，跟着冲哥走！"知道他的思路是对的，我按捺不住兴奋，招呼大家。

就这样，冲哥又领着我们来到了刚才折罐的地面。

一踏上那地面，大家就陷入沉默的思索之中，唯有踩在"枯叶"上发出的沙沙声响。是的，那是钢的"枯叶"。这个场景从来没人见过。我们联想起折罐时"蝴蝶"翩翩飞舞的场景，陷入更深的迷茫。

冲哥小心翼翼地拾起一片"枯叶"，仔细端详着。"枯叶"约莫小孩的手掌大小，深黑中泛出一点点蓝的色彩，极薄，跟真的树叶差不多薄，拿在手里轻飘飘的，几乎感觉不到重量。冲哥望着这"枯叶"，两眼放光，手中捧着的仿佛是可以解开谜团的一片钥匙。

"冲哥，这是啥呀？感觉像特别薄的氧化铁皮，你看，一捏就碎了。"我看着手里被捏碎的"枯叶"，茫然地问。

"其实道理很简单。我们这 12Cr1MoR 合金含量太高了，尤其是铬钼含量。这会导致什么？导致钢水变得粘稠，流动性非常差。"

冲哥停顿了一下，整理好思路，继续讲。因为长时间的跟踪，他缺乏休息的脸上笼罩着一层苍白，手臂随着他的话语在空中摆动，仿佛乐团里的指挥。但随着"乐曲"的层层推进，他的脸上开始慢慢泛红。一束阳光透过厂房的窗户斜斜地照进来，金色光柱投射在他的身上。

听着冲哥徐徐展开的描述，我心中有个答案在慢慢升起。

钢水接触空气后，因为表面张力大，被上升气流吹动，才变成了这样的形状。

冲哥越说声音越大，我们也受到了启发。大家凝神屏气地听着。

"黏度大，也就是钢水流动性差，这就导致了这 12Cr1MoR 比其他钢种更容易凝固。虽然液相线按照目前的公式来计算可能没有问题，但考虑流动性因素的话，我觉得还是要……"

观察钢水精炼

奋斗，为了更好

"提高过热度，改善流动性！"大家嚷了起来。

就这样，我们调整了过热度方案。12Cr1MoR 这个钢种在历经种种问题后，也终于顺利成为铸坯、轧材交付给了客户。经此一役，铬钼容器钢在湘钢开枝散叶，该系列以优异的质量迅速在高端市场上攻城略地，成为湘钢一张金色名片。

最佳战友

这几年，公司加大了线棒"优"转"特"力度。9 号连铸机拔地而起，冲哥在这里也遇到了新人新事。

2022 年，锋哥作为方坯品种开发的主力，以首席技师的身份加入了精炼车间团队。锋哥与我早就认识，同样戴着一副方框眼镜，留着短发，肤色比冲哥更深一点。在炼钢厂时，他以爱钻研冶炼方法而闻名。因为冲哥与他有着相同的冶炼技术追求，两人迅速成为最佳战友，在开发方坯品种的新战场相互倚靠，冲锋陷阵。

有一次，公司刚刚签下一个 2.4 万吨的方坯大单子，卖给国外某客户，要求极高，交货期极紧，但相对应的，品牌和效益上的回报自然也高。公司对这个单子高度重视，迅速动员部署，科技和生产部门派人跟踪督促。

这个钢种在生产前，大家就预判到了它的难度，S 和 N 元素难以稳定控制，含硫钢容易堵水口。而当真生产起来，才发现还是太乐观了。

第一个浇次，浇铸到第五炉，堵水口断浇。

第二个浇次，浇铸到第七炉，堵水口断浇。

第三个浇次，浇铸到第八炉，堵水口断浇。

我整个人都麻了，苦着脸在技术室连夜开会分析，研究调整方案。虽说连浇炉数在增加，但交货进度不等人，成本得增加多少啊？大家着急上火，愁云惨淡，可仍是一筹莫展。

　　此时的冲哥愁得不行，眉头紧锁。我转头一瞧，锋哥的表情跟冲哥一模一样，好像复制了似的。

　　我在边上偷偷瞄着他俩，正准备调侃两句以缓解气氛，突然"砰"地一声，锋哥把桌子一拍。

　　"哎！首席你干啥，大家伙搁这想办法呢，被你这一拍，差点闹心脏病了！"我说。我突然想起之前被冲哥的吼吓到的那一刻，他们吓起人来都一样！

　　"不好意思，太激动了，嘿嘿……我跟冲哥商量了下，大家老是讨论下去也不是办法。这样子，我跟冲哥后面就不轮班了，我俩一起来，一个守钢包炉，一个守 RH 炉，边搞边交流。不找到突破口，我们就不回家！"

　　"不行不行，身体吃不消吧？"我担心地问道。

　　锋哥轻松地摆了摆手，对我表示不用紧张，冲哥也点头在一旁附和。看样子，是真铁了心要与拦路虎死磕到底了。大家看着他俩坚定的模样，敬佩之情油然而生，纷纷表示要一起参与。

　　锋哥把冲哥拽到一边，说："不好意思啊，没跟你商量就自行决定了，改天请你喝酒！"

　　"啊，没事没事，我也正想跟你说这个呢，哈哈。喝酒就算了，等这个品种搞顺了，少不得让你请一顿饭。"冲哥看了一眼锋哥，笑道。

　　"那是必须的。今晚 7 点 45 分兑铁，到时不见不散啊。"

　　就这样，这两个技术狂人开始了没日没夜的跟踪生活，密切配合，挖掘细节。

一天、两天、三天过去了，这个品种钢的浇次长度也从开始的五六炉，增长到 15 炉并稳定住了。但当大家长吁一口气的时候，冲哥和锋哥还是没有闲下来。

　　回家好好睡了一天后，他俩马不停蹄地汇总跟踪数据和经验，写起了品种生产总结。我在办公室看到还在噼里啪啦敲键盘写总结的两人，打趣道："这个钢种被你俩搞定了，还不好好休个假，放松放松？"

　　写完总结，给大伙培训后，他俩又马不停蹄地忙着其他的品种开发去了。后来，冲哥和锋哥在现场一起讨论生产技术的次数越来越多了，攻克的难关也一个接一个。似乎他俩组合在一起，就是无坚不摧、攻无不克的"冲锋"战士。

（整理：陈朝阳　文字编辑：王文新）

在线挑战

陈攀

在五米宽厚板厂，有一座日夜不停的淬火炉，它是整个热处理车间的核心。下面的故事，就发生在热处理淬火炉。

难以完成的任务

2022 年 4 月 1 日，五米板厂所有热处理工艺、设备人员都在为需要紧急交货的 9Ni 钢合同加班加点的时候，淬火炉 22 号炉辊却在此时发生断裂，这就意味着所有薄规格钢板由于存在插炉底的重大风险，都无法继续生产。

当时，待淬火量 8259 吨，其中薄板 2000 吨，大部分都进入交货期后期。现在紧急调整生产计划，决定暂停 9Ni 钢薄板生产。此后，我们不得不申报长达 7 天的检修计划。为什么需要这么久？因为按照以往的检修模式，炉子降温需要 4 天，进炉更换炉辊需要 1 天，升温烘炉复产需要 2 天。热处理炉辊断裂发生过不止一次，我们早就有"成熟"的检修方案。

车间张主任将断辊情况及现场更换炉辊检修计划向厂部汇报，李厂长果断提出："能不能改变常规的检修思维，在不停炉的情况下对炉辊进行在线更换？"

奋斗，为了更好

按照厂领导提出的思路，张主任立马组织车间所有设备人员开会。他将厂领导的想法告知大家，会议室瞬间炸开了锅，大家七嘴八舌地讨论起来。常规的停炉检修都很不容易，人只能在里面蹲着，炉辊又这么重，连个挂点都没有，炉膛的高温怎么解决？还不能破坏耐火材料……

"先静一静，"张主任紧锁着眉头，"我的感受和大家一样，这种检修方式确实困难重重。但从眼下的形势来看，如果我们一直不作出改变，那永远也突破不了！厂领导经常对我们讲，一切成本皆可降，要学会解放思想、敢于创新，这不正是一次好机会吗？只要大家齐心协力，定能啃下这块'硬骨头'。"

"阿攀，这个项目你来牵头。"张主任说。

听到领导的安排，我犹豫了一下，给出了第一答复："这个难度太大了，我不敢保证能完成任务。"

"你放心，不是你一个人，设备室、车间所有设备人员、工程技术公司，都会全力配合你。"

张主任迅速组织相关科室、车间、工程技术公司的专业技术人员成立攻关小组，专门研究方案的可行性，并传达了厂领导的指示：一切所需资源由厂部直接协调调度，务必加快推进项目攻关进度。

面对这个艰巨的挑战，我感觉压力山大。回到办公室，我在网上搜索了相关资料，但没有找到对炉辊进行在线更换的成功案例。办公室其他同事面对这项任务，也都觉得很难做到。

"国内外都没有类似的经验，我觉得很难实现！"

"没有专用的工艺装备，而且炉温高达 900℃，设备安全和人员安全如何保证？"

大家议论归议论，项目攻关仍在紧锣密鼓地推进。

方案慢慢成熟

接到任务第二天的清晨，我被电话铃声惊醒，看了看时间，才 6 点 20 分。电话是张主任打来的："通知相关人员早点到淬火炉现场集合，带上相关测量工具。"

挂掉电话，我早早来到办公室，叫上几位同事去现场。只有到炉子周边实地了解详细情况，才能找到解决问题的办法。

我们带上图纸、卷尺，在炉区周边热火朝天地忙了起来。他负责收集数据，我负责查看吊点位置。炉膛的高温，让每个人脸上都挂满了汗珠。

研究工装的制作方法，研究需要下多厚的材料、什么样的材质才能在经过炉膛后不会因高温而变形。

大家为了共同的目标，主动加班加点，一起探讨解决方案。

讨论在线换辊方案图纸

奋斗，为了更好

炉内温度高达 900℃；拆卸两边轴承端盖后出现的热浪，会让检修人员无法承受。降至多少度合适施工？使用什么样的方式将炉辊从通红的炉膛中倒运出来？使用什么样的材料与炉底辊进行连接？更换炉辊周边的甘油管道、电气设备、电线电缆时如何隔离热源，又怎样避免发生火灾？在淬火炉传动侧施工环境狭窄，周边电缆桥架、电器柜偏多的情况下，天车无法配合施工怎么办？非传动侧场地宽敞，但是地面高低不平，应该使用什么样的工具为炉辊安装做支撑倒运？旧辊拆除后，炉内热浪可能造成炉区周边燃烧，怎样防止热浪从炉膛内排出？无法判定炉内辊道断的位置时，如何快速将炉内辊道调整至水平状态……一大堆棘手的问题接踵而至，摆在我们面前。

这些都是检修流程中的一个个瓶颈，必须将问题逐一进行梳理。只有找到问题的根源，才能有针对性地解决。因此，我们与热

热处理炉在线换辊

处理炉设计厂商的技术人员反复沟通，一步步解决问题。每解决一个问题，离胜利就近了一步。

由于工作繁忙，大家常常以泡面作为晚餐，有时候甚至连泡面都顾不上吃。办公室里，除了各种专业书籍和图纸，最多的就是各种方便面包装。

经过几周的辛勤劳动，我们设计出专用的炉辊更换工艺装备。实现在线更换炉辊的方案，在大家心中慢慢有了大致轮廓。

工艺装备的初步成型只取得了阶段性成功，我们还得组织人员在现场进行换辊预演。第一次演练，人们内心十分激动，虽然不是正式更换，但所有事项包括规避不可预知的风险，都要考虑周全，做到万无一失。因为是初次演练，所有人都没经验，难度较大。但让人高兴的是，如果演练成功，那么利用专用工装使在线更换就成为了可能。

随着一声哨响，炉辊与工装被吊了起来，保持在水平状态。操作人员利用旧辊拆除装置与线下辊道连接，配合得严丝合缝。正当大家喜悦的时候，老刘说："旧辊是带有高温的，检修人员直接挂钢绳会存在烫伤的风险。虽然说专用工装是远距离操作，但毕竟是在线更换，就算把炉内温度降至500℃，温度仍然很高。如何保证人员在如此高温的现场安全作业，这也是我们要解决的问题。"

"制作一套专门的炉辊吊具吧。按照炉辊直径制作，操作人员穿上消防员身上那种隔热服，可以保证安全。"方案定下来，我负责联系厂部安全科。安全科寻找到多种隔热服，但要防护如此高的温度，普通的隔热服根本达不到要求。老罗提出来去网上找找。最终，我们找到了适用于检修现场的特殊隔热服。

怎样才能为设备隔热？我们给控制设备包上石棉，并且制作了隔热棚。为了解决更换过程中工具烫手的难关，又制作了专门夹具。不断实践，不断打磨，完善更换方案的细节。就这样，在多次预演后，在线换辊方案总算是成熟了。

500 摄氏度 8 小时

多次演练，使我们积累了大量经验。

时间来到 5 月初，我站在五米板厂淬火炉旁，想要见证成功的时刻。

高温烘烤着每一个角落，噪音如同爆炸般冲击耳膜，炙热的现场，让团队的每一个成员脸上都布满细密的汗珠。

5 月 6 日，淬火炉迎来第一次在线换辊的挑战。炉温降到了500℃，站在炉门口，滚烫的热浪还是迎面扑来。

扛设备、拉葫芦……很快，人们在高温环境中忙碌起来。

大家内心十分紧张，不知道换辊能不能成功。要是没有成功，我们一个月来的努力就全部白费了。紧张的情绪蔓延着，犹如炉火释放的高温，催化着在场人员内心的燥热和焦虑。

所有前期准备工作都已完成，作业条件具备。点检员、检修方、操作方挂好检修牌，炉辊正式停电，在线换辊开始了！目标只有一个：成功！

更换炉辊位置上方电缆、烧嘴时，我们提前做好了隔热保护措施，防止炉辊拆出瞬间炉内热气烧毁其他设备。

由于无法估计炉内断辊的具体位置，断裂的半截辊道必须通过工装后期加配重进行水平调整。配重一块一块地加，炉内辊道还是下垂的状态。"继续加，必须保证断辊以水平状态出炉膛，否则辊子周边的石棉模块会全部损坏，到时候就只能停炉了。"张主任

正在进钢的热处理炉

沉稳地指挥，一次一次地增加配重进行调试。炉辊终于微微上抬，直到调整至水平状态。

大家用天车吊住断辊，保持在拆除工装的吊点位置，随后水平向外移动天车，使炉内断辊移出。

天车轰鸣，断裂的炉辊换下来了！

人们心中放下了一块大石头。

接下来新辊安装难度更大，所有的细节都不能有任何闪失，必须做到极致。

为保证新辊顺利进入炉膛，方便施工人员推动辊身，我们在非传动侧和传动侧炉辊的水平位置摆放好相应的托辊。

新炉辊吊到托辊上后，又用激光水平仪配合调整炉辊轴线标高。在专用吊装工具的牵引下，新辊慢慢地向炉膛移进，直至移动到安装位置。

在整个过程中，大家不仅要承受炉内 500℃ 的高温炙烤，还要注意各种设备线路，以防损坏。每做一个动作都要无比小心，生怕

奋斗，为了更好

因为自己的失误影响换辊的成功。空气似乎也因为紧张的气氛而凝固了，每一秒都像一个世纪般漫长。当最后完成换辊，将工装从炉子中吊出，大家的眼中顿时都噙满激动的泪花！

"我们成功了！"周围爆发出热烈的掌声和欢呼声！人们互相击掌庆祝，有的成员兴奋地拥抱在一起。

8小时！不停炉换辊！这行数据犹如跳动的音符一般，给了我们惊喜。这是湘钢首次成功挑战在线炉辊更换！

厂长第一时间给了项目攻关组高度赞扬。后来，我们申报了实用新型专利，这让每一位参与者都获得了满满的成就感！

一次思维方式的转变，每一次换辊节约了氮气13000立方米、煤气51000立方米，减少产量损失2816吨，节约成本225万元。

有了更多创新

有人曾问，湘钢五米板厂在线换辊的意义在哪里？答案就是，通过在线更换炉辊项目的成功实施，进一步激发了我们车间乃至全厂职工的创新热情。

后来，攻关小组充分借鉴在线更换炉辊的经验，举一反三，创新性地设计出在线更换炉内辐射管的专用工装，并固化了检修方案，成功实现3小时在线更换辐射管的目标。

再后来，为了提升热处理炉生产效率，又陆续成功实施了在线更换炉门、叠板进炉和淬火、回火双排料生产等多项创新项目。

（整理：陈朝阳　文字编辑：王文新）

"镜面"钢板

张洁

你有没有听说过"镜面"钢板，就是那种表面像镜子一样、照得清人影的钢板？湘钢宽厚板厂为全球工程机械巨头——卡特彼勒公司生产的钢板（以下简称"卡特"钢板），就是让人啧啧称奇的"镜面"钢板。2013—2014 年，刚进厂不久的我，有幸参与"卡特"钢板的生产和交货，成为难忘的"1314"记忆。

"初中水平"当"大学生"用

那时，湘钢盈利的品种并不是太多，而一种名叫"卡特"钢板的产品，对市场价格波动不敏感，相较其他品种有可观的利润。于是，在宽厚板厂生产室负责管理产品交货的我，自然而然地与"卡特"钢板打上了交道。

2013 年春节前，多名产品研发人员从卡特彼勒（中国）公司出差回来。"怎么样了？"我连忙问，其中一位研发人员一五一十地说："卡特彼勒公司对钢材原料的质量要求非常高，有国内一线钢厂已经从他们那里退出，某些品种规格的钢板变成国外供货了！"

"卡特"钢板为什么难生产？难在哪？销研产项目经理为我们讲解：卡特彼勒公司成立于 1925 年，总部位于美国，是世界上最

奋斗，为了更好

大的工程机械、矿山设备生产厂家之一。卡特彼勒（中国）公司自2010 年成立以来，发展十分迅速，在江阴、徐州等地设立了多家设备制造工厂，对钢材原料的需求量很大。作为世界 500 强企业，卡特彼勒公司素来以质量卓越著称，供给卡特彼勒的钢板被我国中厚板生产厂家称为"极品"钢板。毫不夸张地说，能够成为卡特彼勒的供应商，无疑是钢厂的一张亮丽名片。

当时宽厚板厂虽然投产几年，但是为高端客户供货的经验仍然不足，品种也不是很齐。项目团队赶紧行动，广泛收集卡特彼勒公司的信息，包括其下游客户的信息，用一句行话就是"从客户需要端出发，再到满足客户需求端"。

我心里也在打鼓：自己对宽厚板生产的了解程度就相当于"初中水平"，现在碰上"卡特"钢板，都是需要"大学生"的水平。

与有些年纪的技术专家杨工交流时，他笑着说："现场员工虽然有一些年龄比你大、工龄比你长，但他们过去都是干线棒材的。当务之急是要帮助他们提高板材轧制水平，还等你去教他们呢。"

检查"卡特"钢板表面质量

"我得担当起肩上的责任。"听了杨工一席话，望着大家渴望的眼神，我暗暗下了决心。

请"老炉子"出谋划策

几天后，"卡特"钢板的合同要下来了，我找到精整车间副主任谈如何落实生产方案。之前，他还有些不同的想法，现在则痛快地说："还能说什么呢？服从生产方案是我们的天职。"于是，他认认真真地与技术人员研究如何做冷床布料、如何喷号，包括打钢印的位置等都反复琢磨，就像小学生认字、写字一样，一板一眼的。

接着，我又跟着主管生产的刘厂长到各处调研，收集大家对生产方案的意见，从生产车间到板材库、码头，一个都不少。到了1号加热炉，我们找来人称"老炉子"的喻技师。他是从高线厂调过来的，搞炉子经验丰富，湘钢有什么加热炉要修，都会请他去。刘厂长问他对"卡特"钢板的生产有什么想法，喻技师显然已经做了一番思考，肯定地说，一定要搞清楚这种钢板的空燃比是多少。一般的生产方案只会标明加热温度、出炉温度等技术参数，如果空燃比没有设置好，氧化铁皮就会很厚，除鳞除不干净，钢板轧后就可能被判"非计划"。

刘厂长拉着喻技师的手说："我们的大技师啊，你有经验，脑子也转得快，我就知道你是有办法的。"喻技师道："能接到卡特彼勒公司的订单，是我们的光荣，我心里确实有一些想法……"刘厂长催促："说来听听！"我赶紧竖起耳朵听。喻技师分析得头头是道，刘厂长边听边点头，然后还补充了一两点……

奋斗，为了更好

铁律：不能用湿抹布擦

"我们的观念需要改变，做好厂内现场就是做好市场。"宽厚板厂领导明确了生产"卡特"钢板的努力方向。

"镜面"钢板的生产有很多讲究，不能用湿抹布擦钢板，就是其中一条铁律，因为钢板一受潮就会生锈。我和生产技术室主管找到精整工序的赵工，跟他沟通：过去用湿抹布擦钢板，是因为双边剪时不时地滴一点点油在上面，现在生产"镜面"钢板，可不能再用湿抹布擦了。把问题给赵工说清楚，他立即答复我们："放心吧，我们保证滴油不漏。"

针对这个特殊的项目，厂里专门出台了《卡特彼勒产品生产、质量控制方案》，从炼钢到轧钢、从检验到下线，包括钢板运送到客户手中的诸多环节，每一个细节都要做到有效受控。

终于，"镜面"钢板开始生产了，现场的同事们就像在品尝一壶美酒，心中特别温暖。

成品车间的黄副主任有感而发："'铁律'严得好，要是我们用湿抹布一抹，那不就前功尽弃了！"

我说："现在钢板上一点油都没有，你还用得到湿抹布吗？"

黄副主任说："那确实，不能再翻老黄历了！"

不允许使用湿拖把、湿抹布擦洗钢板，这只是生产"镜面"钢板的条件之一。半年时间里，光在钢板防护方面，我们就想了很多招：从最初的吊运磁砣镶胶皮，到磁砣包帆布，到胶皮加帆布，再到后来的磁砣包铜皮、加帆布，精益求精、不断改进。出厂汽运的盖布从最初盖塑料布，到包塑料布，到塑料布上面再盖雨布，力求将"原生态"的钢板完好无损地交到客户手中。

一天晚上19点多，我刚忙完回到办公室，准备收拾东西下

吊装"卡特"钢板下线

班。这时，突然下起了雨。我心想，不好，"卡特"钢板要是淋了雨，那与湿抹布擦钢板有什么区别？赶紧联系成品车间的大班长。大班长告诉我，他们早就考虑到这种突发情况，"卡特"钢板出厂时一律盖好雨布，无论当时天是多么蓝，他们都会这么做。看来，我多虑了，"镜面"钢板贯穿全过程的质量管理早已深入人心。

正是这一步一步的服务升级，让"镜面"钢板既有"里子"，又有"面子"，卡特彼勒的大门向湘钢逐渐打开。

把"非计划"打下去

卡特彼勒公司对钢厂第二方认证审核及产品的首次检验通过后，实行入厂免检制；但与此同时，该公司建立了全球工程机械行业最严格的召回制度，一旦因钢材质量问题导致工程车辆全球召

奋斗，为了更好

回，钢厂赔偿将以亿元计算，后果难以想象。

由于"卡特"钢板要求高，导致生产的有些钢板被淘汰下来，成为"非计划"钢板。一次，作为生产室的管理人员，我坚持把一批质量不达标的"卡特"钢板判为"非计划"，这就意味着之前的工作白干了。生产班长是个明白人，但是心中不舍，假装对我吼："张洁，你'捏'得太厉害了，真想把你打下冷床去。"我连忙说："你说得多好啊！是要把'非计划'打下冷床去，不是打我，是打钢板哦。"生产班长会心地笑了，心里的疙瘩也解开了。

当时的一种观点认为：要求那么高，"非计划"怎么也得5%以上吧？然而，"非计划"钢板多了，一是影响"卡特"钢板交货，二是会造成改判损失。

"我们既要保证'卡特'钢板圆满交货，又不能因此就把成本搞得太高！"厂领导再一次明确了思路和要求。

初生牛犊的我，在生产室主任的支持下，提出了"三化"生产模式，即"洁净化""减量化""程序化"，"三化"的核心是建立起"以客户为中心"的生产和服务体系。

"将'卡特'钢板非计划率降低到4%以下"，被列为湘钢科技攻关重点推进项目。

经过连续几天蹲在现场观察，我有了新想法，便和轧钢专家工程师陈工交流："这'非计划'要降下去，非上打包机不可。"

"不行，绝对不行！"陈工指着现场要我看，"场地太狭窄了，哪有地方再安装设备？得从精整工序和成品工序的角度想办法，不要打增加设备的主意。"我却摇摇头，并不认同陈工的观点。

陈工停了一下，笑着对我说："有的老教授不喝酒、不抽烟，身体不一定没毛病；打着赤脚下地干活的农民伯伯却健康得很，为啥？关键在于自身底子强。"

不上新设备，能行吗？我和陈工来到 3 号冷床，陈工对我说："钢板在辊道上走斜，就会造成下表面缺陷，从而成为'非计划'钢板，这太可惜了。""那怎么办？"我问。"一是从操作上想办法，做到精心操作；二是从设备上想办法，确保不打斜。"陈工回答。"那就要看陈工的本事咯。"我打趣道。

陈工说："等一下我们一起找管后区设备的赵工谈一谈，本月有个 24 小时的计划检修，先来一个'小手术'，有时间再来一个'大手术'。不仅'卡特'钢板不能有问题，所有钢板都不能有问题，这样整体质量才能上去，品牌形象才能树立起来。"

3 个月后，我问精整操纵工小刘："现在'卡特'钢板的生产操作还累不累？"

"不累，"他说，"以前的操作太难了，自从来了'卡特'钢板，我头都是大的，手经常肿痛，端饭碗都有困难，改进以后好多了。"

奇迹真的出现了，冷床上的钢板很少打斜了，像仪仗队的士兵，整齐划一地行进着。摄影记者有时踩点来拍摄，这里的景象成为宣传画册上的"宠儿"。

我们又重新修订了作业程序和设备检修标准，实行工序间自检、互检制度，促进全员质量意识不断提升。的确，生产"卡特"钢板，不是为了哪个人、哪项指标，而是为了推出一种新的生产模式，大家在这种新模式下，不断改进自己的工作，推动产量、质量指标不断优化。

板材腾飞的起点

机遇总是垂青有准备的人。一天，突然有人问我："'卡特'

钢板增量了，你知道不？"原来，一批宽厚板厂生产的钢板运到卡特彼勒分公司，这时正好也来了国内其他几家钢厂的钢板，分公司工作人员一对比，对湘钢的钢板说"OK"。工作人员向上面汇报后，当场拍板增量。

主管又找到我，问我有什么想法。大家都知道，"镜面"钢板的生产，量少时还好搞，要是量大了，各种问题交织，质量还能不能得到保证呢？有的钢厂，搞产品开发时没有问题；一旦扩量，就问题频发，客户意见很大，导致市场又被丢掉。这样的路，是绝对不能走的！

我又来到加热炉找喻技师，拿出轧后钢板的照片给他看。"镜面"钢板的要求又提高了，看来还需要进一步优化，喻技师摸摸脑袋，又寻思起来……

立秋后的某一天，天气依旧炎热，我陪着刘厂长站在轧钢主操台的玻璃幕墙前。火热的生产现场，"卡特"钢板正源源不断地从面前穿行而过。我兴奋地说："轧制线好像是一口大水塘，这里面养着很多鱼，'卡特'钢板恰似一条大青鱼，特别肥美。"刘厂长点点头，表示认同。之前他还有些担忧，经过近两年的磨练，刘厂长的这种担忧已经没有了，我们的"镜面"钢板生产突破了瓶颈、得到了认可。

后来，卡特彼勒（中国）公司来湘钢进行第二方审核认证，授予湘钢年度1E系列产品认证钢材供应商，湘钢由此获得该公司全球范围采购资格，湘钢的钢板几乎成了卡特公司的"特供"产品。

由于在"卡特"钢板生产等方面做出了一些成绩，我被评为湘钢"十佳青年"，收获到成长的喜悦。

在"卡特"钢板上的突破是一个起点，从这以后，港珠澳大桥等大型标志性工程的订单纷至沓来；供"卡特"钢板也从 2013 年的 300 吨起步，到 2015 年突破千吨大关、2016 年突破万吨大关。随着我国工程机械领域市场需求发生变化以及卡特彼勒公司的高强替代减量化，现在，湘钢供卡特"镜面"钢板形成了 5 大类、50 多个品种和规格的供货新格局，年产量保持在 3 万吨以上。

（整理：陈定乾　文字编辑：周雪鸥）

奋斗，为了更好

"蚂蚁"团队

乐蒙蒙

　　焦化厂区里，绿茵茵的草地上，盛开着粉红的兰草花；高大的广玉兰枝头，绽开洁白的花朵，与杜鹃花丛相互映衬。看着这些，我的内心升起一股骄傲之情，因为这优美的环境，也凝聚了我的汗水和心血。

　　我想起自己刚进厂时的情景。

　　那天，阳光灿烂，天空蔚蓝，我的心情很激动。可是，当我走进焦化厂区，就愣住了。焦炉像一排巨大的黑柜子，通红的焦炭从柜体里被推出，进入运焦车，空气立刻变得灼热，我仿佛站在火山口旁边。忽然，另一个高耸的建筑物顶端，冒出白色的蘑菇云，越来越大，老半天都没消散。

　　后来我才知道，那座冒出白色蘑菇云的建筑，是湿法熄焦的设备。湿法熄焦污染大，焦炭的质量也难以控制。

　　有一种先进的熄焦法，叫干熄焦，可以吸收红焦的热量，节约能源、提高焦炭强度、改善焦炭质量，又能减少环境污染。

　　干熄焦绿色、环保、经济的特点，完美契合了湘钢绿色环保的理念。2004 年到 2023 年，湘钢投资建设了 5 套干熄焦装置。

　　焦化厂干熄焦车间，主要任务是将焦炉炭化室里生产出的通红焦炭，用氮气冷却。

　　有了干熄焦，厂区不再白雾弥漫、黑灰飘落。

"蚂蚁"团队的诞生

"一群人，一条心，再苦再累也愿意；在一起不容易，点亮生命不放弃……"，这首歌的歌名叫《不放弃》，被我们焦化厂干熄焦车间"蚂蚁"团队引为团歌，它唱出了每个干熄焦人的心声。

2016年，干熄焦车间"蚂蚁"团队成立，我作为车间主任，也成为其中的一员。

那年7月，骄阳似火，烈日熔金，3号干熄焦设备的年修正在进行。巨大的铁构件、四处延伸的管道、盘旋的楼梯、高耸的干熄焦炉窑、不断闪耀的电焊弧光，都是大工业气势恢宏的场景。我顶着烈日，奔波在检修工地上。

我看见一个女子的身影。她四十出头，圆圆的脸被太阳晒得通红，汗水湿透了蓝色工作服。黄色安全帽下，一双大眼睛灵动有神。她姓俞，原来是中控工，刚刚被任命为二干熄焦大班长。

"你怎么在这里？"我停下脚步问她。

"今天我休息，就来熟悉熟悉设备。当大班长，不熟悉设备怎么行？"俞班长仔细查看现场，顺势还抓着我问了很多设备性能的问题。

从那以后，我经常看见俞班长在塔架上爬上爬下，手中拿个小本本做记录。她不仅通过掌握各种设备性能来完善操作方法，还琢磨怎么把队伍带好。当上大班长仅两个月，她就瘦了十多斤。

不久我发现，二干熄焦员工的精气神变了，工作时更加聚精会神、精益求精。二干熄焦的现场环境也更加整洁有序了，工具摆放整齐，地面洁净无尘，栏杆擦得锃亮。

"短短半年，你是怎么将这五十多号人的大班组管理得这么好呢？"我找到俞班长，说出心中的疑惑。

俞班长告诉我，她之前在网上看到蚂蚁在山火中抱团、让族群生存的故事，受到启发。蚂蚁们团结起来，所展现的力量是惊人的，班组管理也是如此。班组中，每个人都有特点，只有各取所长，团结协作，才能把工作做好。于是，俞班长和大家商量，将二干熄焦班组命名为"蚂蚁"团队。

俞班长说，一个好的团队，要人尽其才。她带领的大班组中，4个小班长各有特点。有的像军人，执行力很强；有的年龄稍大，经验丰富，稳重踏实；有的工作负责，技能水平高；有的情商高，沟通能力强。他们的工作风格不同，与职工交流的方式也不同。她就根据班长们的特点，合理调配班组成员，做到人尽其才。

4个小班组之间有竞争，但更多的是协作。在生产过程中，一个班组不能为了追求自己班组产量而过度操作设备，给下一个班组的生产造成障碍。只有4个班组都出色地完成生产任务，才能得到嘉奖。这样，下一个班组接手时，设备的状态才会是最好的。

为了带好团队，俞班长付出了很多。她女儿在高考期间，都难以见上妈妈一面。清晨，女儿起床时，俞班长已经去了厂里；晚上回到家，女儿已经睡下了，餐桌上放着女儿给她留的饭。有一次，女儿在小纸条上写着："妈妈，我总见不到你，你这么辛苦，要好好吃饭。"俞班长的眼圈瞬间就红了。

"多余"的培训

2018年3月，焦化厂区玉兰花开，空气中弥漫着春草的味道，一派生机勃勃的景象。

二干熄焦班与一、三干熄焦班正式合并为干熄焦班。"蚂蚁"

安全培训

团队扩大，管理模式得到了推广应用。

几个干熄焦班组合并，人员多了，操作习惯各不相同，这就可能加大设备的损耗，制定标准化操作制度刻不容缓。

有一天我刚上班，就看见俞大班长满脸疲倦地从中控室出来。她走到休息室，咕咚咕咚喝下一大杯水，然后告诉我："昨晚下半夜，上夜班的同志说参数调不好，我就赶来了，手把手教班员标准化操作，参数总算调好了。"

我马上意识到，必须让每个班员都学会标准化操作，要对他们进行专门培训。

职工们对培训已习以为常，但有的职工感觉培训很枯燥、没啥意思，认为培训是"多余"的事。怎样使培训变得生动有趣，又能够让职工们真正学到东西，并应用在工作中呢？

我利用业余时间，精心准备了一份内容丰富、图文并茂的设

奋斗，为了更好

备操作技能培训课件，将理论和实践结合起来。

我告诉大家，操作设备，就像开汽车。不同开车习惯的人开同一辆车，可能会对车造成不同程度的损耗。如果将操作标准化，即使几个人开同一辆车，汽车也能保养得很好。

"参数异常，就像池塘里的水已经波动起来了，如果听之任之，波动就会越来越大。如果去调整，就要加大调整幅度，这就像往动荡的池塘里又扔了一块石头。两种水波碰撞，浪花激荡，很难平息。只有保持相对平稳的操作，才能让系统稳定，减少设备损耗，提高焦炭质量。"我深入浅出的讲解，赢得了同事们的掌声。

可即使标准化操作的规定制定好了，有的职工也依然习惯用自己熟悉的方式操作。有的人说："搞那么麻烦！我一直这样弄的，也没出什么事。"他们固执地认为，自己的操作才是最便捷的。

一次，我正在进行干熄焦锅炉设备的标准化操作培训，参加培训的职工却是有的满不在乎，有的东张西望，还有的心不在焉，小声嘀咕"搞这么多培训，真多余"。

"你们知道家里的空调怎么开、怎么关、怎么维护吗？"我问道。

"那怎么不知道！"大家七嘴八舌。

"那你们每天与这个干熄焦锅炉打交道，熟悉它吗？"我继续发问。

有的人低下了头。

我说："对待设备，要像对待自己家的电器。设备怎样操作、怎样维护、怎样点检，这个设备还出现过怎样的故障、如何避免等等问题，都要熟悉。"

就这样，我安排职工每月学习一个主题、考试一个主题，让学习培训成为"蚂蚁"团队的一大特色。干熄焦车间也将考试结果与班组的个人绩效挂钩，每月评选优秀学员，在"干熄焦家人"微信群中公示。

一系列的措施，激发了大家的学习热情。3个月的时间里，班组成员全部考试合格，操作和点巡检技能更是得到质的提升。同时，班员还能及时反馈在现场发现的问题。我收到反馈后，又会尽快检查、落实、整改、再反馈，形成了良性循环。

这一年，"蚂蚁"团队创造了二干熄焦"自然年设备零事故"以及"连续15个月设备零事故"的最高纪录，大家再也不认为培训是多余的了。

"蒸桑拿"

2021年1月4日凌晨3点多，我被俞班长急促的电话铃声惊醒："乐主任，紧急情况，一干熄焦排焦系统发现有耐火砖排出！"听她说明了情况，我连忙穿上衣服，冒着严寒冲出家门，向厂里赶去。炉窑掉砖，说明炉壁上的耐火砖层发生了垮塌现象，想到这，我一路上心急如焚。如果一干熄焦炉壁垮塌严重，就得停炉，严重影响生产。

我急匆匆赶到C201皮带通廊，这里是焦炭和耐火砖一起排出的地方。由于刚出炉的焦炭温度高，就像烤炉。俞大班长已经带领几个职工站在了皮带通廊两边，为了避免对下道工序造成影响，他们戴着防尘口罩、防护眼镜、防尘帽，双手套着厚厚的耐热石棉手套，准备随时挑拣排出的耐火砖。大家盯着移动的皮带，一旦发现焦炭里有耐火砖，就立刻停下皮带，把耐火砖从滚烫的焦炭里扒出来。每块耐火砖半米见方，重约25公斤，温度还很高，双手端出

团队攻坚

特别费力。拣出的耐火砖，在皮带通廊一角堆成了小山。

　　一切井然有序，并没有因为突发情况而乱了阵脚，我心中感叹："蚂蚁"团队没有克服不了的困难！

　　经过各项技术分析，我们认为炉体内的情况还可以支撑，而年修的准备工作尚不充分。从大局出发，决定对一干熄焦特护运行。

　　围绕一干熄焦炉窑特护的各项工作全面铺开，"蚂蚁"团队行动起来，分工明确、职责清晰。负责设备系统的人员，抓紧时间做好年修项目的收集、梳理，申报备件材料。负责工艺生产系统的人员，针对如何延缓内环墙垮砖、保持工艺系统基本稳定，制定减产特护操作方案。

　　车间安排管理人员 24 小时值班，跟踪特护运行情况，根据实际情况，随时对特护方案进行调整。

班组齐动员，安排人员在皮带边拣砖。三个干熄焦班组的人员两人一组，每组 1 ～ 2 小时，就连远离现场的中控工都自发加入拣砖队伍。

我也参加了在皮带旁边值守拣砖的行动。别看只有一两个小时，那真是种煎熬。温度高、粉尘多，站在那就像在桑拿房里一样，不一会儿，汗水就湿透全身。粉尘与汗水粘在一起，黏腻、刺痒。走出来换岗时，全身乌黑得像煤球；摘下护目镜和口罩，如同大熊猫一样。

"蚂蚁"团队从车间领导到技术人员、班组职工，五十多个成员，每两天就要轮换一次拣砖，没有一个人抱怨。每次交班时还相互开玩笑："就当是享受免费的'桑拿'了！"

2021 年 7 月 16 日，一干熄焦正式停炉年修。7 个月的特护运行、值守拣砖，干熄焦车间的每个人都经受住了考验。

相亲相爱一家人

2022 年 11 月 4 日，"蚂蚁"团队的成员们心情有点沉重，因为一、三干熄焦当天正式拆除。

一、三干熄焦，是大家共同战斗过的地方。春天里，我们一起整理现场，保养设备；夏天里，一起给栏杆扶手刷油漆；秋天里，一起扫落叶，疏通下水沟；冬天里，一起给楼梯绑防滑麻袋。

一干熄焦已经停炉，我抬头看着已经沉寂的炉体，心里很不是滋味。看见上焦炭的自动对位夹紧设备（APS）轨道还残留着许多碎焦炭和焦粉，俞班长说："来，我们把轨道清理干净吧！"

大家拿上扫把、铲子，谁也没有说话，只是默默清理着轨道

相亲相爱一家人

上的焦炭和焦粉。清完之后，都舍不得离开，围着干熄焦炉体转了好几圈。有同事在"干熄焦家人"群里发微信："今天清理轨道，扫的不是焦炭，而是情怀。"后来每次路过拆除现场，我必驻足良久。看着挖机、铲车、吊车将设备逐一拆解，心中怅然若失。

在"蚂蚁"团队成员心里，有缘成为同事，就是战友、伙伴，彼此之间必须互相关爱。

老家在内蒙古的小邵，是个腼腆话少但工作认真负责的小伙子。一天，他说要请吃饭，俞班长不解："为什么要请吃饭呀？"

他不好意思地说："今天是我的生日。我的家人都在内蒙古，'蚂蚁'团队的同事们，就像我的亲人一样。"

俞班长跟我说了这事。小邵生日当天，一大早，我们就在微信群里给他送上了生日祝福。随后，同事们的祝福也一一送到。

那天晚上，"蚂蚁"团队的同志们，给小邵买了生日蛋糕和许多礼物，大家聚在一起，为他庆祝生日。小邵感动极了，他说，远离家乡和亲人来湘潭工作，一点也不孤独，因为干熄焦"蚂蚁"团队的同事们，就是相亲相爱的一家人。

"叮叮叮"，"干熄焦家人"微信群发信息了，原来是"三八"国际妇女节快到了，"蚂蚁"团队的男同志，给女同胞发红包了，不在乎钱多少，只在乎心意的表达。3月8日这天，"蚂蚁"团队的每位女同志，都收到了男同事送的一束花。收到鲜花的那一刻，俞班长说："这是多么温馨的祝福，多么亲切的关爱啊。"

2024年3月，俞班长正式退休了，但"蚂蚁"团队的精神得到了很好的传承，班组成员也越来越团结。

"蚂蚁"团队还经常开展厨艺大赛、气排球比赛、亲子活动等，正如《不放弃》中所唱的："一路有你更加珍惜，视彼如己，我们一起努力……"

（整理：刘轶　文字编辑：饶芳）

净水芙蓉

唐明铭

2023 年 6 月 29 日，是湘钢 150 兆瓦发电机组正式投运的日子，大家都在为机组成功并网而庆贺，我和姐妹们连日紧绷的神经，也终于松弛下来。

150 兆瓦发电机，这个全世界装机容量最大、效率最高、煤耗最低的超临界煤气发电机组，正常运转的话，每天的发电量可达370 多万千瓦时，能大幅缓解湘钢目前电力供应紧张的局面。因为其节能环保，它也上了中央电视台的新闻节目。

"小白"的记忆卡片

2013 年，湘钢新上一台 135 兆瓦发电机组，化水班由此成立。当时，班里 19 名清一色的女同志，是由各个单位转岗过来的。对于"化水"这项工作，大家都是"小白"，要保证机组正常运转，只有努力学习。

工业富余煤气经过燃烧转换成热能，水经过加热产生蒸汽，推动汽轮机组发电，这就是 135 超高压发电机组的工作原理。而我们所在的化水班，负责生产和供应"除盐水"，这种水被称为发电机组的"血液"。

2013 年 1 月，我们在省里某职院开展一个月的理论培训，对化水工作有了大概了解，但由于并没有实际操作过，只能说是一知半解。

为了学到更多知识，班组里的姐妹们费尽了心思。安装调试化水设备的都是行业专家，姐妹们就用排班制，用私家车接送他们上下班。调试人员都是北方人，吃不惯湘潭的辣菜，班组的姐妹们便自己动手做菜，试着不放辣椒、少放油盐，将饭菜尽量做得清淡可口。北方人喜欢吃面点，班组里厨艺最好的刘大姐和陈大姐还时不时地做些糕点、面食。就这样，全班人员紧紧跟随着调试人员工作。

当时条件差，新上的设备很不稳定。记得有一次两根水管突然爆裂，我被夹在了中间。顿时，一股冰凉的水从我头顶沿着脖颈直流入后背，"啊！"我被刺激得大叫一声，习惯性捂住头部，蹲了下来。水还在不断地往身上淋，我这时才想起向前面跑。当时正值冬季，我的衣服都淋湿了。身体突然由热转凉，我不由地颤抖起来，只感觉冷到心窝里去了。姐妹们看到我狼狈的样子，心疼地往

化水班姐妹

奋斗，为了更好

我身上加棉衣，让我赶紧去冲个热水澡。

我们的诚意感动了那些专家，他们由原来被动地回答提问，变成主动讲解问题。姐妹们有不懂的地方，都会拿出本子记录下来，就这样，学到了大量知识。

"当前企业处于艰难时期，发电是最直接的创效途径。一台发电机组每天能够为公司创效 200 多万元，我们一定要确保机组平稳运行，干出个样子来。"当时的老班长，给全班做了最朴素的动员。

是呀，我们这些女人，大多数曾是各单位的管理人员，现在转岗成了操作工，心里多少有些落差。但是，到了新岗位，绝对不能气馁，要为自己争气！

为了让化水班姐妹能更好地学习专业知识，老班长制作了不少学习卡片。卡片正面写着题目，背面是答案。她让姐妹们有空就勤看多记，还实行互相抽查。老班长鼓励我们说："我的年龄最大，我能记住的，大家也一定能记住。"

就这样，班里坚持每天一小时培训，一道题一道题地过关。最后，卡片上的知识点班组人员都能全部背诵了。在每月一次的考试中，没有一位姐妹拖后腿。班组中出现了学习岗位知识、积极考证的高潮，除了岗位必需的化学分析工证，大家还追求"一专多能"，将取证范围扩大到水处理工、锅炉特种作业、电工等相关职业证书。全班姐妹拿到的证书达到 120 多个，多人在公司职业技能大赛上名列前茅。

从"技术小白"到"行家里手"，化水班闯过一道又一道的难关。如今，训练有素的她们从事化水工作已驾轻就熟。

2014 年，化水班获得湘钢"芙蓉标兵岗"称号；2015 年，获得湘潭市"芙蓉标兵岗"称号；2016 年，获得湖南省"芙蓉标兵岗"称号。

磷酸根跑哪去了?

2016 年 3 月,湘钢继续优化人员结构,化水班从 19 人减少到 12 人。老班长内退离岗,我接任化水班班长的岗位。领导笑着对我说:"你们班组连续三年是'芙蓉标兵岗',而且一年一个台阶,从厂里走向了市里、省里。下一个目标,就是要拿下湖南省五一巾帼奖状。"

我了解过,要想获得湖南省五一巾帼奖状的难度可不小。这个奖四年才评一次,一次只评选 10 个,四年内获得湖南省"芙蓉标兵岗"的都有资格参与评选。我统计分析了一下,全省具备参评资格的大约有 1500 个班组,要想获奖可谓是过五关斩六将!

我盘算着,我们两台 135 兆瓦发电机组已经达到了年创效 14 亿元、除盐水合格率 100%、汽水品质合格率 100%。面对已经达到的高指标,如何创新突破,我心里没有一点底。但是,领导提出更高的标准,我们只有继续加油,一路向前冲了。

2017 年 9 月,化水班出现前所未有的危机。除盐水中的磷酸根怎么也找不到了,加再多的药剂也找不到。面对这一情况,我的脑袋大了一号,磷酸根跑哪去了?它们会无缘无故地消失吗?这显然不科学。于是,我们与兄弟发电厂等多家单位联系。电厂其实也存在这种现象,隔几年就会发生一次,他们解决的方法就是停机、停炉处理。

停机停炉就会停止机组发电,损失太大。我开始思考能不能在线处理?要解决问题,首先必须找出问题的根本原因。我们加大了化验数据监测分析力度,由以前 2 小时化验一次,改为 30 分钟一次。以前化验 12 项指标,现在化验 24 项指标,一天 24 小时连续不断地化验,通过大数据的微妙变化进行分析。连吃饭、上厕所的时间都很紧，吃饭是打盒饭到岗位上，大家轮流吃，上厕所也得等一组数据出来后，利用间隔时间去解决。

熬过最艰难的三个月，5000多组有效的加药数据摆在了眼前。直到这时，我们才摸到一点方向。其间不断调整加药方式，并与发电负荷相关联。

一直坚持了18个月，终于找到了一个既不停机、又能彻底解决磷酸根隐藏问题的办法，避免损失5000多万元。而且，这次技术攻关所取得的一系列数据，为国内钢铁企业处理煤气发电问题提供了宝贵的第一手资料。我们解决发电机组磷酸根隐藏的方法，在2019年申报国家专利获得批准。

功夫不负有心人，凭着这18个月的负重前行，我们兑现了对领导许下的承诺：2019年12月，化水班荣获湖南省五一巾帼奖状、湖南省工人先锋号。

泄漏有规律

在技术不断精进、技能不断提升的一路高歌中，化水班获得了很多荣誉，这是组织给予我们这群转岗女工最大的肯定。

2021年1月1日，我接下了申报全国五一巾帼奖状这项任务，这意味着我们接下来的一整年都是"忙人"。在申报过程中，我们一边维持正常生产，一边准备资料迎检。

可是，最近几年，大家一直是处于高负荷的工作状态，经受着一次又一次的考验，班组的姐妹们有些疲惫，士气开始不如从前。我知道，人的思想情绪都有波动周期，多说无益，过一阵子，大家又会进入状态。作为班长，我得先干出个样子来，每天坚持早来晚走，带头多干。

我们在维护 135 兆瓦发电机组稳定运行的路上越走越精细，同行业的人员来参观学习的越来越多。我越忙越精神，成长的快乐，一直让我在繁忙的工作中保持着向上的正能量。

与人的思想情绪同样道理，机器设备也有自己的周期率。随着运行周期的延长，135 兆瓦发电机组凝汽器出现泄漏，这降低了机组运行效率，严重威胁机组安全稳定运行。

我们向技术人员求助，也向兄弟单位同行求援，泄漏却没有得到有效控制。我们一筹莫展，想得最多的，不是全国五一巾帼奖状，而是怎么保证发电机组运行。

"它怎么跟我们女人一样啊，准确到一个月就漏一次。"陈大姐抱怨道。

这话提醒了我们，泄漏有规律！好家伙，只要有规律，就能总结原因。

班组的姐妹们七嘴八舌，开展"头脑风暴"。我们列了一下，竟然有上百条改进措施，其中甚至提到了设备周围绿植太多、是否有树叶掉进凝汽器里造成堵塞等。

我们对加药方式和频次进行调整，加装防杂物、防砂装置，提出设备改进方案。公司看到我们的项目申请，还真的砍掉了设备周围的树木，做成水泥坪，防止污泥堵塞凝汽器。

现在说起一项项成果，好像喝水吃饭一样容易，当时有多难，只有我们自己知道。得找出大量数据，一项项去验证，去掉不正确项，找出对的，然后形成一篇篇可行性报告往上报，反复沟通处理。幸运的是，公司和厂部充分信任和支持我们，这些建议都落到了实处。

凝汽器出现泄漏，在别的钢厂一般都是停机处理，我们却做到了在线处理。将发电负荷降低，只投入一边凝汽器使用，很快就能判断出是哪一边的凝汽器管道破损。这样一来，查找的工作量就减少了一半。剩下的 5000 多根管道，施工人员根据调节冷却水的大小等方法，就能很快找到漏点。目前，能做到在一小时内解决凝汽器泄漏的问题。

另外，为了减少凝汽器的铜管腐蚀，我们将加药点也移到前方，保证了药物的充分混匀。经过一系列处置，凝汽器泄漏得到全面控制。从 2021 年初至今，凝汽器一共只泄漏两次，控制在可以接受的状态。控制凝汽器泄漏的技术攻关成功，一年可为企业创效近 4000 万元。

化水班姐妹荣获全国五一巾帼奖状

2021 年 4 月 19 日，我作为化水班曾经的转岗女职工代表，走进人民大会堂。当我站上领奖台，手捧着全国女职工集体最高荣誉——全国五一巾帼奖状，班组的姐妹们在电视机前热泪盈眶。

150 兆瓦煤气发电机组

恼人的铁离子

我经常想起自己站在人民大会堂领奖时的激动场景，这是化水班全体成员的骄傲。但事实告诉我们，躺在功劳簿上过日子，是不可能的。

2023年初，湘钢上马一台150兆瓦超临界煤气发电机组，有着世界上同类型机组的最大装机容量。这对化水班姐妹来说，又是一个新的挑战。

新机组是直流炉，化水处理系统与现有的发电机组完全不同，它没有定排与连排系统，水中杂质全部要靠精处理中的树脂析出。

投产前，动力厂派我到兄弟发电厂学习水处理知识。我做了详细记录，回来后每天都拿起笔记来看，有不了解的地方还常会与他们沟通。兄弟厂的发电机组是145兆瓦，功率比我们的新机组略小些，机组原理相同但是型号不同。我清楚这些知识有很高的参考价值，但绝对不能全部照搬。

2023 年 6 月中旬，机组设备安装基本完成，进入调试阶段。我每天都要到现场去了解情况，收集化水的数据。这天，我刚进入厂门，手机就响了起来，一看，是陈主任打来的。

"唐班长，150 机组启动分离器排水有硬度，这绝对是异常现象，你赶快查一下，是不是化验出了问题？"

我立即组织取样化验，经过反复对比，确认启动分离器排水确实有硬度。

工艺组、设备组、承包方都纷纷开始查找原因，最终化验排查出因系统中铁离子超标导致出现硬度。铁离子如果不及时消除会产生水垢，严重影响汽水的导热性能，大幅削减发电效率。

我立马组织班组姐妹讨论。根据我们了解的知识，当前情况下只能冷态从疏水扩容器加大排污，后续精处理越快投入越利于系统运行。大家一致同意这一方案，并迅速开始实施。同时我每天关注铁离子的含量，根据铁离子的含量来调整工况，经过一个月努力，炉水中的铁离子降至合格范围，精处理投产时间比计划提前一周。

铁离子问题解决后，又遇到了 3 天就要更换一次清洗树脂的问题。频繁更换，花费了很多时间。而兄弟发电厂，树脂使用一次的周期能够达到 10 天左右。但是，因为机组型号不同，他们的参数我们也只能作为参考。

一切都是摸着石头过河。我们试着一点点地增减几种药剂的量，观察树脂使用周期的变化。经过反复试验，两个月后，新机组的树脂清洗周期稳定在了 10 ～ 11 天，并达到了最佳用药比例，我们班组的劳动效率又有了新的提升。

有人说，我们是"净水芙蓉"，是发电机组的守护天使。这一路走来，我们也曾落魄，也曾蹚过泥泞，遇过险阻，但"净水芙蓉"的美丽绽放，坚定了姐妹们前行的信心……

（整理：叶苗壮　胡宾朗　阿玉　文字编辑：刘纲要）

奋斗，为了更好

银发力量

曾红雨　林韵

　　2024年4月，春深似海、万物勃发。中共湘潭市委会议大厅座无虚席，正在召开全市银发人才工作会议，一批先进集体和先进个人受到表彰。今年80岁的湘钢银发人才工作站站长戴老，胸戴大红花，坐在领奖嘉宾席第一排。

　　参会代表很多都与戴老熟悉，大会一散，就纷纷向他祝贺。一位说："戴老啊，全市总共才评3个优秀科技服务团、6个示范工作站，你们湘钢银发人才工作站，两个荣誉都有份，不错呀！"另一位说："两块大奖牌、4个水晶奖杯，个人荣誉湘钢也全部获

湘钢银发人才工作站获评湘潭市银发人才工作示范站

评，大满贯！"戴老对大家抱了下拳："我们这些老同志，还能有机会为湘潭、为湘钢发展继续奉献力量，就是最大的幸福！"

老将出马

戴老从公司领导岗位上退休返聘，担任技改顾问。那天，他正在审看宽厚板建设工程进度表，急促的电话铃声响起，是工程指挥部指挥长打来的："戴总，有事请您帮忙，您得亲自出马救急呀！"

板材轧机的超大主体部件，由国内一家骨干重机企业制造。湘钢这边眼看项目投产的日期越来越近，而设备厂家的制造进度，离交货状态还相差很远。

指挥长前往催货、协调，对方却不紧不慢："催啥子催嘛，你们也看到了，生产计划都排得满满的。等着吧！"情急之下，指挥长想到了戴老。他德高望重，又与对方主要领导有过交集，请戴老出面是最合适不过的了。

戴老急匆匆回家带上旅途用品，两小时后就登上飞机。见到对方副总经理，戴老急切地问："我们的设备什么时候可以交货？"

副总经理为难地拿出一份生产进度表："戴总你看，全国十几家重点钢铁企业的设备都在等货呢！再说，你们的设计图纸还不齐，我们也没办法开工啊！"

戴老立刻转身，赶去设计院，与他们一起列好设计清单，敲定出图的时间节点。他对设计人员说："请把已经出来的图纸立刻给我，我要交到制造厂那边赶工。工期太紧，必须打破常规，设计和制造只能同步进行。"

奋斗，为了更好

戴老返回制造厂家，找到总调度长，希望能把湘钢的制造工期努力往前面安排。看到已经退休、两鬓花白的戴老仍在为企业技改工程四处奔走，总调度长大为感动，承诺设备一定按期交货。

　　不过，湘钢采购部负责项目的人员还是满脸愁云——从制造厂家到湘钢，一千多公里路程，部件重量三百多吨，体积巨大，怎么运回去呢？

　　戴老带着大家，走了一遍预先选定的几条运输路线。铁路运输？不行！部件太大，过不了隧道。他们立即咨询水运部门，了解运输期间的水位情况；又考察沿途公路状况，包括经过桥梁的载荷等。最后得出结论：公路运输加水运的方案，可行！

　　从厂家出发，到水运码头，这一段走公路。尽管只有四十多公里，路况却很不好，戴老看着地面上一个个大坑，紧皱眉头说："这种路况不行，大型部件装载在重型汽车上重心较高，容易出事故，要把路面填平夯实！"经过紧急协调，当地公路部门运来砂石，维修路面。

　　公路上有个收费站，必须局部拆除，部件才能通过。公路部门负责人一听，惊讶得瞪大眼珠子："啥子？为了运输你们的设备，要拆我们的收费站，哪有这种事情？不可能！"

　　技改工程刻不容缓，设备可不能卡在这里！戴老多次找到公路部门负责人恳求："车上设备很重要，一定要按时运回去。我们只是局部拆除，通过后马上恢复，不影响公路正常通行，更不会损坏你们的任何东西。"

　　所有事项协商妥当，戴老要求施工人员严格遵守对公路部门的承诺，赶在部件通过前一小时动手拆除，清理出"绿色通道"。那位公路部门领导始终盯在现场，亲眼见到转瞬之间被拆除了部分的收费站，在部件通过以后变戏法似地又是原样了，不由得点头赞叹："湘钢人,真靠谱!"

大型部件抵达江边。这时已是深秋时节,江风卷着雨丝,扑面都是寒意。戴老与工程技术人员站在码头上,对需要的吊装船吨位进行测算。有人看了看水位,说:"水有点浅,大概 400 吨的吊装船就行了吧,能节约租船费用。"戴老摇摇头:"根据我掌握的情况,这雨一时半会儿停不了,可能还要下得更大。后天部件吊装上船,水位肯定上涨,要用 550 吨的船才行!咱们把设备早点运回去,就是最大的节约。"大家听从戴老意见,部件顺利装船。

部件经长途水运,在湘江码头上岸,再走几十公里公路,就能运到湘钢。这一路,"过五关,斩六将",眼看胜利在望。却发现,板塘铺那里有座"谈爱桥"承重不够,需要加固。当年,湘钢的"钢伢子"与湘纺的"纱妹子",常常在这座桥上约会谈爱,故得此名。戴老找到这边的公路管理部门,表示希望可以加固桥梁,费用由湘钢来出。负责人爽快地说:"你们湘钢出钱,加固我们的桥梁,大好事嘛!"戴老笑得合不拢嘴:"到底是家乡人,好办事!"

超大部件披红挂彩运回湘钢,阳光照在设备上,熠熠生辉。采购部的同志们百感交集,从制造到运输,戴老和他们一起,克服了太多困难,付出了太多努力。

心怀产业链

那是 2005 年的 8 月,紫薇花开得热烈。周老无心赏花,匆匆向市委领导办公室走去,汇报"湘潭市钢材深加工产业协会"的筹备情况。

市委领导叮嘱说:"湘潭的钢材深加工产业,必须依托湘钢形成产业链，既能带动本市的经济发展，又可以拓展湘钢产品的销路。"

不久，湘潭市钢材深加工产业协会正式成立，周老担任协会的常务副会长。他的心中，正在形成一幅以湘钢为龙头，振兴发展湘潭市钢材深加工产业的蓝图。他决定写一份《湘潭市钢材深加工产业行动方案》，阐述以湘钢的线材、棒材、板材为母材，发展湘潭深加工产业的广阔前景。为此，他需要掌握大量的第一手资料。

天气酷热，周老顶着暴烈的太阳，去到县里一家民营企业进行调研。企业的大铁门前，一个中年人拦住他，不让进。周老说："我想找你们负责人，谈点事儿。"

那人打量一番，见周老衣着平常，也没有陪同人员，不冷不热地说："有什么事，跟我说吧！"

周老脸上带着微笑，问："你们这里做钢材加工，母材是用湘钢的产品吗？"

中年人颇不耐烦："你是搞推销的？对不起，我们不用湘钢的，有自己的供货商。"

周老仍然笑着："我可以进去参观一下吗？"

中年人张开双臂，口气生硬："不行。"说完，铁门"哐当"一声关上了。

写"行动方案"那段时间，周老家里的灯光深夜不灭。老伴看着他充满血丝的眼睛，心疼地说："你一个退休的，怎么比人家上班的还忙，这一天天的，还熬起夜来了！"

湘潭市钢材深加工协会举行讲座，参加的有主管副市长、各级主管领导，以及市里各个钢材深加工企业的负责人。主讲人是周老，他条理清晰地阐述："发展湘潭市钢材深加工产业，要结合湘钢和湘潭市双方的特点。湘钢生产的板材，可以加工成钢管、钢结构等；湘钢生产的棒材，可以加工成机械及汽车零部件；湘钢生产的线材，可以加工成钢丝制品、焊丝等。"

讲座结束，听众们围在周老身边，七嘴八舌。有人扯了扯周老的袖子问："我们厂想加工紧固件，哪里有这样的设备买？"另一个人拉过周老的手臂："周老，我们也想做钢材深加工，就是工艺不熟悉呀！"

周老大声说："各位对钢材深加工这么热情，协会可以与全国各地的深加工企业联系，组织参观学习。发展湘潭钢材深加工产业，大家有什么困难可以随时找协会，我们一定尽力！"

那天，周老正在协会整理资料，两个人相继走进办公室。先进来的那位中年男子，看见周老神情一愣，随后就热情地递烟，还不住地赔罪，说："哎呀，原来您是周副会长！我那天怠慢您了，您可千万大人不计小人过！"周老这才认出，眼前正是上次那个不让自己进门的民营企业中年男子。中年男子对周老说："我们想提高焊条加工的档次，做新产品，可企业小，技术力量不够，您能帮帮我们吗？"

后进来的瘦高男子挤开中年男子，握住周老的手："您先帮帮我们吧，我的设备趴窝了，我们的人修不好啊……"

周老问清楚他们的情况，对瘦高男子说："我马上与湘钢有关部门协调，来帮助你。"又对中年男子道，"走，我到你厂里去看看！"

随后的一年时间里，周老每隔几天就会去中年男子的工厂，帮助他们与湘钢建立稳定的原料供应关系。周老又联系湘钢及社会专业技术人员，指导这家企业改进生产工艺，研发焊丝新产品，沟通联系用户。在大家的合作下，这家企业的产品质量大幅提高，部分产品还实现了出口。

湘钢的钢材，原来在湘潭本市销量不多，有的深加工企业甚至舍近求远到外地买钢材。但是在周老的不懈努力下,湘潭高新区的钢材深加工产业,从三家小企业增加到十多家,钢材深加工量提高数十倍。

这些年,湘钢带头发展湘潭市的钢材深加工产业,在湘潭高新区的双马工业园,建立了钢材深加工产业园。每年,湘钢共计有近80万吨的钢材作为母材,用于本市钢材深加工。

姜,还是老的辣

在湘钢一个建设工程的项目部,姜老皱着眉头,盯着桌子上的设计图纸发愁。这些图纸是纸质的,施工过程中,这个人翻一翻、看一看,那个人戳一戳、点一点,图纸变得凌乱、脏污,有的还残破了。而图纸上的某些设计,与实际情况不符,需要现场修改,纸质图修改后的线条画得歪歪扭扭,辨识不清。

姜老正愁着,外面传来争论的声音:"图纸上是这么标记的,线路就是这么走的!"施工人员的粗嗓门,显得很不服气。

"图纸与实际情况不符,我改了,你没看见吗?"技术人员的声音带着委屈。

他们气哄哄地争吵着,走到办公桌前,哗啦啦地翻动图纸。只听"嗤啦"一声,图纸被撕坏了,争吵的两个人尴尬地站在那里。

姜老的心一紧,赶忙走过去,抽出图纸仔细抹平,告诉他们正确的施工方案。

争吵的两个人走了,姜老暗下决心:将纸质版图用计算机辅助设计(CAD)制图软件转变为电子版。说干就干!他把设计院提供的一部分无规律电子版图纸进行整理,如果有缺少的部分,干脆就自己对照纸质版图进行绘制。

同事们问："姜老，您想把这些图纸变成电子版，那可是个大工程。您看，这么多图纸，什么时候才能整理完啊！"

姜老笑笑说："我不怕麻烦！整理一份算一份，总有整理完的一天。这样，各方面需要图纸的人使用起来方便，还可以存档，一举多得。"

其实，此时的姜老已经退休，但这个项目还没有完成，他要坚守到项目建成投产再离开。他觉得，做事有头有尾才是圆满，不想给自己承担的工作留下遗憾。

2022 年，姜老退休已经快 10 年了。10 年里，他多次作为技术顾问，参与湘钢的技改工程。这个时候，他身为施工单位技术负责人，又忙于转炉二次除尘系统改造。

在转炉二次除尘改造项目中，为了不影响正常生产，原有除尘管道要保持运行状态，这就必须见缝插针合理安排，重新走一条大截面除尘管道。这可太难了。

7 月酷暑，厂房里热得像蒸笼，姜老却依旧坚持在现场，发现哪段管路走不通，就会立刻爬上测量点采集数据，修改设计图纸，指导施工人员实施。爬上爬下，汗水直流，衣服湿了又干、干了又湿。

小伙子们劝姜老说："您这么大年纪，我们上去就行了。"姜老不肯："我必须上去，告诉你们测量点在哪个具体位置，一定要精准！"

有个测量位置很刁钻，必须钻进管道内部，贴在管壁上。管道里面很多黑灰，姜老出来的时候就像在煤堆里打了几个滚。大家赶紧为姜老拍打后背的灰，他满不在乎地说："二十多年前，湘钢 3 号高炉技术改造，我在工程指挥部，守着工地几天几夜是家常便饭。天寒地冻的，穿件旧工作棉袄，一根绳子扎在腰间保暖，也挺过来了！为咱们湘钢干活，没说的！"

傍晚，室外管道正在吊装。管道没有达到垂直状态，施工单位的起重技术带头人就要求吊入安装位置。姜老反对："这根管道如果不垂直吊入，接口对接难度太大，会延迟安装时间。"对方却强调："天就快黑了，不好施工，差不多就行。"

结果，由于管道倾斜，两个接口无法吻合，只得在高空缓慢调整。管道在吊车上保持现状24小时，才勉强完成接口焊接。吊装指挥人员对姜老叹口气："我原本想走捷径，却反而耽误这么长的工夫。如果严格按照您的方案吊装，早就完成了，还可以节省吊车台班费用。看来，姜还是老的辣！"

11月这天，寒风凛冽，冷雨刺骨。转炉二次除尘改造项目的室外、室内管道，正在进行对接作业。炼钢厂、工程技术公司的领导以及设计、施工人员，仰望300吨汽车吊吊起长约24米、重约30吨的"L"形管道，缓缓向安装点降落。面对高空对接，每个人的心都悬着。

姜老也站在人群中，身边的技术人员喃喃自语："如果对接不上要返工，那可就是大麻烦！"姜老看他一眼，充满信心地说："现场的每个管件尺寸，都是我和测量人员实地测量的，接点管段图纸，是我们自己绘制的，又与设计和现场施工人员进行了多次确认。只要严格执行操作，肯定没问题！"

管道缓缓落到支架管托上，两边的接口严丝合缝，现场顿时响起掌声和欢呼声。几位领导高兴地说："这活儿，干得真漂亮。"姜老听了，会心一笑。

（文字编辑：胡佩生）

从"尘"到"盐"的蜕变

王维

"离心机出盐啦！"

2023 年 3 月 16 日，一群人围着打包袋，见证了离心机首次分离出工业盐氯化钾的历史性时刻。谁能想到，这洁白的"盐"，前身竟是灰头土脸的机头灰。

回想从立项到投产经历的点点滴滴，在场的所有人都激动不已，有喜悦，有感动，更有重担落地的舒畅。

看着机头灰项目崭新大气的主控室，想起原先尘土飞扬、埋汰的作业环境，每一个瑞兴人都会情不自禁地感叹："我们瑞兴公司也有这么高大上的主控室了，真好！"

是啊，这种主控室在机头灰处置历史上，是不敢想象的，也是瑞兴人一直羡慕和期待的工作场所。当然，最为关键的是，通过

烧结机头灰综合处理主控室

奋斗，为了更好

在机头灰处置上第一个"吃螃蟹"，实现了机头灰从"尘"到"盐"的蜕变，更实现了瑞兴公司从"生产制造"到"生产智造"的转型升级。

"香饽饽"变"鸡肋"

烧结机头灰，顾名思义是烧结机运行过程中机头处产生的除尘灰。机头灰中含有较高的银元素，因而有市场。随着进口矿使用比例和生产的精细化程度不断提高，机头灰中的银含量越来越低，回收价值不高，渐渐没了销路。

以前机头灰外卖，由采购方自行安排车辆装车出厂，瑞兴公司只需派人做好现场安全环保监管、进出厂协调等事宜，内容相对简单。外卖终止后，生产厂家决定将机头灰与其他含铁废弃料混合，返回烧结再利用，仍然是由瑞兴公司负责混合。

瑞兴公司和车间领导深入现场听取职工意见。"领导，这机头灰能不能不收啊？卸灰的时候扬尘太大了，在吊车上什么都看不清！味道呛鼻，我都感觉要晕过去了！"吊车工小易脱口而出。

"就是，铲车在厂房里面也是什么都看不见，都不敢动！"

"抓灰和铲灰的时候，也是整个厂房到处扬尘！"

"而且，这灰尘粘在玻璃上，怎么擦都擦不干净！"

面对职工七嘴八舌的议论，领导说话了："机头灰卖不出去，本来就是一种损失。为了不浪费资源，机头灰返回烧结再利用，也还不算亏。"

可是，好景不长。回用两三年后发现，机头灰中含有较高的碱金属钾、钠盐，对烧结篦条和煤气管网等设备设施腐蚀伤害极

烧结机头灰综合处理生产线

大，每年光篦条的维修费用就得上百万元，这下可真是亏大了。于是，机头灰停止回用。可是这样一来，大量露天堆积在烧结料场等待处理，埋下巨大环保隐患。

雪上加霜的是，随着铊污染治理提上日程，机头灰因为含铊，"晋升"为固体危险废物，露天堆放改成了袋装室内储存。但是，每月1000吨左右的机头灰长期堆存，需要足够大的符合危废堆存的仓库。同时，如何应对环保检查也是个问题。

无处藏身

果不其然，春节前夕，问题就来了。

"我刚刚从集团公司开会回来，机头灰大量露天堆放在烧结料场，经上级环保检查，不符合危废储存要求，下令必须即停即改，

奋斗，为了更好

现场的要转移到符合条件的地方，让我们赶紧找地方……"我们领导一脸的焦虑。决不允许再露天堆放，找符合条件之地的任务，又落到了瑞兴公司头上。

一帮子人匆匆忙忙找了一个厂房，尽可能地压缩原料、产品的堆放区域，好不容易腾出一半的空间来堆放机头灰。可是，轻轻巧巧的机头灰倒在地上根本堆不起来，没几天，厂房里的空间就捉襟见肘了。如果不能及时接收，烧结就只能停产。

2021年2月，刚过完小年，为了不影响烧结生产，瑞兴公司组织人员加班加点将机头灰装袋垒墙。大家闷着头干活，巨大的工作量，沉沉地压在心头。有人半开玩笑地说："这怕是要砌长城吧，照这个速度做下去，咱是不是要学古人在'边关'过年了！"

"我看你是想见孟姜女吧！"

全场一阵哄笑，沉闷的氛围变得活跃起来。

几个负责的凑到一块商量对策，决定从车间抽调铲车，把待装物料转移并分成几堆，然后将所有人分区域、分工进行。于是，乌泱泱一窝子人变成了一条长龙，铲料的铲料、打包的打包、堆袋的堆袋，现场变得井井有条，效率明显提高。终于赶在除夕前一天，用5天时间装了3万多袋，垒出84米长、1.2米左右高的围墙，增加了机头灰的堆放高度，有效缓解了堆放问题。

垒墙只是权宜之计，时间长了，肯定也无法容纳大量的机头灰。集团公司能源环保部、炼铁厂等多方考察学习，将卸料口改造成了袋装，堆放储存更加方便了，占地问题也得到进一步缓解。

3月底，接到集团公司能源环保部门通知，所有固体危废储存、处置必须严格执行国家标准，机头灰在危险废物之列。现有的堆放机头灰的厂房为四面敞开式，厂房的另一半还是生产区域，不符合封闭式和分区隔离要求，必须在4月底之前完成整改。

瑞兴公司马上启动紧急程序，组织施工队伍把底部没有围墙的一侧砌上围墙，量尺寸、切割钢材、立杆、打孔、上瓦、固定，接到任务的人迅速投入到紧张的工作当中，从早上一直干到天黑。

"糟了，忘记接崽了！"邓师傅突然一拍脑袋，赶紧跟领导说了一声，便急匆匆地接小孩去了。

后来了解到，邓师傅的妻子当天有事外出，出门前还千叮咛万嘱咐他放学记得接小孩，结果，邓师傅忙起来给忘了。小孩一个人在学校苦等了两个多小时，见到爸爸时都哭了。

第一个"吃螃蟹"

面对"鸡肋"，我们的权宜之计，是花钱委托厂外具备资质的单位来处置，但是处置费 980 元／吨，一年下来要花费上千万元，这笔数目可不小。

储存是没问题了，但是新的问题又来了。

机头灰作为危险废物在外委处置期间，运输过程和处置方法是否依法依规很难管控。尽管公司、车间经常派人跟踪，但作用也是有限的，一不小心就可能出现运输泄漏、随意堆放、处置不达标等问题。按照现行环保法规，生产单位是要承担监管责任的，环保的不可控风险非常大。

绝不能让机头灰处置失控！集团公司相关部门和瑞兴公司一道，开始考虑机头灰的综合处理问题，开始寻找方法，试图通过回收和循环利用，变废为宝。

2021 年 4 月，《湘钢 3 万吨／年烧结机头电除尘灰综合利用项目可行性研究报告》正式出炉。然而，由于国内尚没有处理机头灰的成熟技术，我们便成了"第一个吃螃蟹"的厂家。

"第一个吃螃蟹"，是需要足够勇气的。集团公司领导多次进行商讨，要求做进一步的论证，确保万无一失。

为了保证设计的合理及后续生产的顺行，一方面，我们在疫情期间冒险外出考察；另一方面，组织相关人员反复研讨方案。每次讨论，会议室的小黑板上写满了各种意见和建议。

"要是能有一台设备，可以压滤和洗涤就好了。"

"真有这样的设备，那占地的问题就不是问题了。"

"嗯，是的。要不，我们找找？"

因为找到了方向，兴奋的我们开始搜索相关信息。

"找到了，有一种压滤机可以压滤后直接在压滤机内进行洗涤！"

"真有这样的设备啊！"

"嗯！"

"那还犹豫什么，赶紧联系啊！"

沉寂了几天的项目攻关群里，忽然炸开了锅。

经与设备厂家联系并告知相关需求后，对方表示他们有小型试验机可到现场进行试验，这把大家高兴坏了。

由于是疫情期间，原计划一周到厂的试验机，几经辗转一个月后才到达。按照设定的几个方案做了一遍实验后，领导说："做就做好，多做几遍，多关注细节问题。"于是，车间又派人跟着做了好几遍实验。

"吃饭啦！"中午，古师傅从食堂打了盒饭来。

"放那吧，我们待会再吃。"

"快点吃！天气冷，一会儿就凉了。"

"好，马上就吃。"现场的工人都在专注做实验，没人扭头看盒饭。

直到做完了，实验员刘师傅的肚子"咕噜咕噜"地叫了起来，他不好意思地挠了挠头："这肚子真不争气，饿这一会儿就抗议了！"

"没想到这实验一做就是几小时，都快两点了，忘记吃饭了。"

终于出"盐"了

2023 年 2 月 15 日，试生产所需药剂进厂，现场设备设施完成全面的清理检查和单体试机。

2 月 16 日，开始水洗工序联动试机。

2 月 21 日，现场讨论制定净化方案，并开始净化工序联动试机。

2 月 24 日，第一股蒸汽通入蒸发厂房，开始蒸发工艺联动试机。

3 月 16 日，首批氯化钾从离心机中分离出来装入打包袋。

不了解工艺的人，谁能想到这白雪一样的盐，是从人们常说的灰尘里面提取出来的呢？机头灰通过下料口进入搅拌桶，与水混合形成泥浆，泥浆通过压滤机压滤出来的含有高盐分、高重金属杂质的滤液，经过一级加药过滤除掉重金属、二级加药过滤除掉铊元素、三级加药过滤除掉钙镁杂质和杂色后，形成干净的盐液。经检测合格的盐液，进入多效蒸发器进行蒸发，水分绝大部分蒸干后，再利用离心机进行深度脱水，形成白色的氯化钾固体颗粒，完成了从"尘"到"盐"的蜕变过程。

谁又能想到从"尘"到"盐"的蜕变，操作主力是一支由刚

烧结机头灰综合利用蒸发系统

毕业的学生和新招进厂的操作人员组成的队伍完成的。他们刚开始连机头灰是什么、蒸发器长啥样都不知道，对净化是什么原理、中控怎么操作等也都一无所知，除了大班长的专业勉强挨边外，没有一个是专业人员。就是这样一群完全没有接触过的人，在上岗前几天完成三级安全教育课程后就开始了各种学习培训，不是在会议室就是在现场，理论加实操，脑袋里源源不断地装进各种知识。

"刘工，你刚才说要开哪个阀关哪个阀来着？可不可以麻烦你再说一遍。不好意思，阀太多了，我记不住。"

"关闭一次暗流进料阀，打开二次暗流进料阀。"

"等等，等等。关闭一次暗流进料阀，打开二次暗流进料阀。"小文一边重复一边在笔记本上奋笔疾书，生怕搞错一个字。

"记好了吗？"

"嗯，记好了，"小文点点头，"刘工，你是不知道，这一字之差可能造成严重的后果，我得小心再小心。"

"这倒是的，实际操作中要是搞错了阀门，那就白干啦。虽然不会有什么大的危害，顶多也就把盐液搞坏了，但是这个后续的处理过程可是非常麻烦的。"

"我看看你是怎么控制钾盐三效蒸发器的，为什么我操作的时候总是堵？"中控小谢下班后还舍不得离开，和接班的小陈聊起了操作，直接又跟了大半个班，想着明天还得上班需要休息好，才意犹未尽地起身回家。这种精神在整个生产线蔓延，大家如饥似渴地学习，工作热情持续高涨。

"太漂亮了！"3月18日，氯化钠从离心机中分离出来了，看着颜色极好、极舒服的钾盐、钠盐一层一层地在打包袋内堆成"小雪山"，总让人忍不住想要抓一把来尝一口，可惜这只是固体废弃物中提取出来的工业盐，只能看，不能吃。

瑞兴成为国内首家完成一次性实现投产并成功出盐项目的企业。消息一出，就引来上级领导视察和相关单位人员学习参观。

陪同省厅领导到现场视察时，湘钢领导佯装抓了一把就要往嘴里放，然后风趣地说："这盐，看着跟我们的食盐差不多嘛。"

省厅领导说："这个项目好，可以推广！"

（文字编辑：刘纲要）

奋斗，为了更好

智慧之路

琳杰

    设备能源中心宽大的落地窗外，车辆川流不息。正对落地窗，巨大的物资远程计量集中监控屏幕上，每一个衡器设备的运行情况都清晰可见。每一天，都有成百上千的货车来来往往；每辆车，都要经过我们的衡器设备，完成物资计量。

    只见一辆货车稳稳地停在磅秤上，系统启动图像识别功能，捕捉到车牌号码，分析车辆的过磅状态和业务信息。我刚来到单位的时候，物资计量需要大量的人工参与，我和同事们每天忙碌地记录、核对数据，稍有疏忽就会导致出错。而现在，通过屏幕就能实时监控整个过程。

逼出来的想法

    2008 年，全球金融危机的风暴席卷而来，湘钢感受到前所未有的压力。随着许多老员工内退离开岗位，我们各个计量点的人手变得捉襟见肘。每当有人休假，连车间领导也得轮流替班顶岗。

    "有些站点，每天只过一两次磅，安排一个人都闲得发慌，有些地方却两个人还忙不过来，能不能把这几个站点的人力资源平衡一下？"车间领导琢磨出这个想法。

技术员面露难色："计量点之间距离很远，要是计量员接到电话再赶过去，就会影响生产物流。就算一天只过一次磅，这个时间也不固定，还是需要 4 个人值守倒班。"

"要是人员不到现场也能过磅，那就好了。咱们搞远程过磅，既可以减少一个计量点人员的驻守，又能兼顾现在的计量点。"见这样不行，车间领导又换了一个提议。

技术员眼中闪过一丝兴奋："这个主意好。我们多装几个摄像头，再用远程技术操作，计量员可以通过监控，查看现场设备状态和操作电脑！"

在当时的技术条件下，要实施远程集中计量，并没有现成可借鉴的方案，如同黑暗中探索，充满未知和挑战。

宽敞的大会议室，所有的轨道衡集中到这里操作，每个计量员面前都有两三个操作界面，还有多个视频监控画面。计量员们坐在电脑前，通过远程操作技术，对现场设备进行精确控制。

设备能源中心

奋斗，为了更好

部领导环顾四周，眼中是满意的神色："这多好啊！工作环境也得到改善了。特别是女同志，再也不用因为独自上夜班而胆小害怕了。"

我却有些担忧："要是设备能够稳定就更好了。一旦设备或者网络出问题，我们还是得跑到现场去过磅，挺麻烦的，也耽误事情。"

又有人补充："尤其是晚上铁水过磅，如果遇到下雨或者起雾，摄像头看不清罐号。"

"还有啊，好几台秤同时过磅，有点手忙脚乱。"

部领导皱起眉头："大家说的这些，我都记下了。只要有信心，我们一定能找到解决方案的。"

渐渐地我发现，集中过磅，导致工作负荷成倍增长。眼睛得长时间紧盯屏幕，手指还要在键盘上飞舞，处理海量的数据和信息。如此高强度的工作状态，让计量员们纷纷觉得吃不消了，怨声载道，工作效率受到影响。面对新问题，公司决定实施一对多的远程集中计量模式，减轻计量员的工作负担，提高计量效率。

手机也成了计量设备

随着企业规模不断扩大、生产效率持续提升，现有计量系统已经难以满足业务需求，物资集中计量系统升级改造十分紧迫。这次升级，引入了国际先进的自动化、信息化、智能化测量技术，并且与手机终端应用无缝对接，磅单查询、异常计量信息申请、数据审核、设备故障报警、设备状态监控、业务指引、装卸车等功能一应俱全，不仅方便了业务人员，还提升了系统的适用性和工作效率。

2019 年 1 月 1 日零点，全新的远程集中计量系统正式上线运行。

"现有系统停用。历史数据备份迁移。"一声令下，宣告一个时代的结束。

"系统功能备份下装。"团队成员紧张有序地操作，每个环节都不敢有丝毫马虎。随着最后的确认，新的系统准备就绪。

就在这个关键时刻，电话铃声突然响起，如同刺耳的警报："司机计量委托失败！""铁水重量丢失！""火车数据未匹配！"……一个个问题，如潮水般涌来。我们团队成员互相鼓励，共同面对。近 4 小时的艰苦努力，系统终于成功上线。

这次系统升级，实现了由一对多计量人工输入向全自动计量的转变，打造了高度智能化的物资计量系统。司机只需扫描二维码，短短 30 秒内便可轻松完成整个过磅流程，各类数据和信息能够自动采集、上传和处理，计量员的工作强度下降了 99%。

在国家市场监督管理总局举办的计量工作优秀案例评选活动中，湘钢的项目被作为优秀案例，向全国宣传和推广，多家单位前来参观学习，想要引进我们的技术。

敢想，总会实现

部领导向远程计量团队提出新目标："接下来，要全面实现智能计量，达到无人化操作的目标。"

项目工程负责人刘工沉思片刻道："无人化操作，这在全国钢铁行业都是前所未有的挑战。"

计量站负责人朱姐接过话茬："计量站与物流部门和生产单位联系紧密，电话沟通频繁。要想无人化操作，又不增加其他岗位负担、不转移职责，这个要怎么实现呢？"

刘工有点犹豫地说："可不可以引入大数据分析技术，实时监控和分析物资计量的各项数据，这样就能及时发现异常情况并进行预警。"

"对，还有 AI 智能处理技术，"另一位团队成员补充道，"它可以帮助我们实现计量过程的自动化控制和智能化管理。"

随着讨论深入，大家纷纷提出想法和建议。最终在 2023 年，公司引进了大数据分析、AI 智能处理等技术以及设备故障、数据异常自动拨打电话等一系列功能。

大数据分析技术如同无声的守护者，实时监控物资计量的每一项数据；AI 智能处理技术像智慧的指挥家，自动控制着计量过程；而设备故障、数据异常自动拨打电话功能，则确保在出现异常问题时，能够迅速通知相关人员进行处理。

经过一系列技术创新和优化，我们最终实现了物资计量的无人化操作目标。这一成果不仅提高了工作效率，降低了人工成本，更重要的是提升了整个物资计量系统的智能化水平。

不放弃，就有希望

湘潭市市场监督管理局计量科科长来我办公室，兴冲冲地把一叠材料放在桌上，说："湖南省市场监督管理局向我们下发了产业计量政策宣传资料，鼓励大家积极申报建设产业计量测试中心！"

远程计量班组获得"工人先锋号"称号

　　听到湘钢要申报，我激动得从座位上站了起来。然而，国家市场监督管理总局负责此项工作的同志提示我们："产业计量中心重点倾斜的是新兴产业，钢铁行业作为传统制造业，不在这次优先发展的范围。而且，产业计量测试中心必须是由龙头企业来建设。"

　　这个消息，让大家非常沮丧。但转念一想，这些年湘钢的智能制造和信息化水平走在行业前列，本身也是国内中厚钢板制造领域的龙头企业，完全符合要求啊！于是，我们赶紧向国家市场监督管理总局介绍湘钢的情况，特别强调基础新材料领域对特种中厚钢板的旺盛需求。

　　我们邀请国内计量行业专家来湘钢指导。看完生产现场，专家惊讶地说："这次参观真是令人非常震撼！我们以为钢铁行业是个传统产业，没想到你们与新兴产业和信息化技术结合得这样紧密。"国家市场监督管理总局逐步认可湘钢的申报。

　　我们又邀请湖南省内专家，聚焦"测不了、测不全、测不准"

的短板与瓶颈，明确需求目标。不到半年，湘钢就完成了湖南省钢铁产业计量测试中心申报。2021 年 5 月，拿到湖南省首家省级产业计量测试中心的筹建批文。

中国计量科学研究院的联点指导专家点拨道："你们的建设水平还局限在省内高度，如果想申报国家级计量中心，必须站在全国全行业高度。""把格局打开，对中厚钢板'全溯源链、全寿命周期、全产业链'要素进行更全面的梳理，才会真正具有代表性，体现产业发展要求。"

好机会来了。中国计量协会副理事长和中国计量协会冶金分会理事长，计划带领行业专家来湘钢，实地调研智能制造和"双碳"工作。我大腿一拍，这不就是渠道嘛！中国计量协会冶金分会，不正是计量专业的行业协会吗？要是能与他们联合搭建产业协作创新平台，前面提到的"产业需求的广度、深度"和"行业协会的认可"问题，不就一并解决了吗？

国家中厚钢板产业计量测试中心批筹挂牌仪式

中国计量协会冶金分会非常乐意帮助我们，成为湘钢与国家市场监督管理总局的桥梁，申报工作驶入"快车道"。整个团队像"打了鸡血"一般，拿出湖南人"吃得苦，霸得蛮"的劲头，补充产业需求、完善筹建方案、优化保障措施。2021年9月底，顺利完成国家级产业计量测试中心的全部申报准备工作。

2022年4月26日下午，作为主汇报人的我，进入远程答辩大厅。眼前的情景让我感动——湖南省局为了支持湘钢的申报答辩，不仅组织了省内各地市局和相关兄弟单位前来助阵，而且，副局长也坐上答辩席，与我们一起应对国家市场监督管理总局专家的提问。

湘钢答辩组成员相互配合，答辩过程非常流畅，得到评审组的高度认可。在参与评审的14家单位中，湘钢获得第二名的好成绩。事后我们才知道，此次评审的淘汰率将近80%！

不久，国家市场监督管理总局组织对湘钢的现场复评，实地验证申报单位的建设能力与申报材料的符合性。5月10日，我们呈现了一场让评委耳目一新的汇报演示。国家市场监督管理总局计量司领导给予高度评价，并当场祝贺我们申报成功。

湘钢终于获得国家中厚钢板产业计量测试中心的筹建批准，这是国内中厚钢板产业唯一的国家级产业计量测试中心，也是国内钢铁企业首家获批筹建的国家级产业计量测试中心。

（整理：刘琳琍　朱民杰　时代　文字编辑：王班勇）

到现场去

李洋

调到成本科工作将近两个月了，我感觉自己还是没有真正进入状态，与现场的沟通交流不太通畅。科长好像也不大认同我的想法，总说我脱离实际，没有把现场的生产业务融入财务。这种挫败感，让我的情绪有些低落。

那天晨会，我沉浸在自己的思绪中。我预想搭建一个数据模型，把 5 年的重要数据逐月装到里面，展示一些关键指标的变化，这样就可以得出一个较为具象的趋势分析结果，指导现场工艺改进。

正有点洋洋自得，我听到科长的声音："这是财务部从宽厚板厂挖来的工程师，大家叫他'标哥'吧。咱们近几年新来的同志基层工作经验欠缺，对现场工艺不熟悉，成本分析上只知道数字对数字，知其然不知其所以然，在与基层的沟通中经常出现问题。把标哥这样的现场技术专家调过来，主要是帮助我们财务人员融入业务思维。以后，我们就是一家人了。大家欢迎！"

掌声过后，我打量着科长领过来的标哥，干练的圆寸头，两眼有神，闪着笑意。工作服有点泛白，工作皮鞋也磨去了光泽，一看就温和朴素，好打交道。

标哥不紧不慢地答谢道："感谢大家的欢迎！我之前有过成本管理员的工作经验，但在财务处理方面还是小学生，今后希望大家多多指点。如果各位同事对现场生产业务的情况有什么疑问，也欢迎来找我，咱们一起探讨。"标哥的声音十分平稳，听着让人安心。

我正琢磨着怎样尽快和标哥熟悉起来，科长就开口了："小李，你最近不是正面临现场业务上的苦恼吗？让标哥和你坐一块，一定要好好地学啦。"

这还真是想瞌睡，就有人送枕头；想学现场生产工艺，师父就上了门。"请领导放心，我一定好好学！"我注意到，标哥的表情十分愉悦。

办公室里坐不住

一起工作不久，我就发现标哥特别爱思考。思考时，他会习惯性地在办公室来来回回地踱步。我和标哥开玩笑："标哥，坐着想事情不好吗？走来走去，不累呀？"

标哥对我爽朗地笑起来："小李，你不知道，我在生产单位，这个时候都在现场，不是对着设备查看工艺记录，就是进班组讨论问题。我习惯了，在办公室里坐不住啊。"

"标哥，那你可要习惯我们财务的工作方法。很多数据一对比就是十几期，和预算比、和上月比、和平均比、和行业先进比、和历史最好比，这数据格子，经常一爬就是一上午呢，必须要坐得住。"

"真的吗？我盯着电脑屏幕的数据看时，经常发现异常，但不知道是什么原因，所以才坐不下来。"

"我们财务可以通过不同的对比分析发现问题啊！你来看——"我指着正在写的分析报告，"这个数据相较于正常值偏差

讨论分析成本数据

有点大，说明生产上出了问题。这时，我们就可以通过不同类型的数据对比加以分析……"我带着标哥来到数据构建的"现场"。

"哦，你说的这个问题，可能和前几天断浇事故有关，它的影响会有这么大吗？我们一起调现场报告过来分析分析，看看有什么可以帮助他们改进的地方。"听了我的话，标哥一下就想到造成数据异常的原因，从系统中调出事故报告给我看。

标哥的想法出乎我的意料。平常出了偏差，我们一般都是做数据分析，没想过还可以结合事故报告来分析。看着认真的标哥，我连忙凑了上去。标哥向我详细解释，报告上那些看上去和财务无关的现场操作是如何影响生产，进而影响成本的。

我们边讨论边修改，最后测算出了此次事故对成本的影响额。标哥说，现场非常看重成本指标的完成情况，很需要财务的专业指导。他要我测算一下，后续的几个相关流程大概要提升多少效率，才可以在本月内抵消此次事故的损失。

今天，我终于理解了为什么以前现场总是不认可我的分析结论，因为我的眼里只有数据，对生产实际了解不多，不能辨别哪些异常其实是正常，哪些正常可能存在异常，没有找到真正的问题点去指导现场。

需要学习的实在太多，我露出些许怯意："标哥，以前我确实没有站在现场实际的角度考虑周到。现在你要我测算效率提升数据，我忽然觉得也不是对着电脑就能计算准的，可能没办法给现场提供帮助。"

标哥用欣赏的眼光看着我，说："数据运用是你的强项，今天我也学习到了。对于现场来说，某些数据需要准确，不过某些测算也无需太过复杂，你讲清楚计算逻辑，现场会进行判断。"

在标哥的鼓励下，我给生产厂的成本管理员大李打电话，告诉他测算结果，并解释了计算逻辑。这次，大李没有像以往那样反对我的结论，相反，他对我给出的分析和结果非常认可，说他也正在计算损失影响以及思考后续提升方案，而我恰好提供了支持，他高兴地连连道谢。

师父领进门

有了标哥这么好的师父，我真是如鱼得水、飞鸟投林啊！每当我冒出新奇想法，总喜欢迫不及待地和标哥分享。这天，针对细类钢种成本效益核算不准的问题，我拟定了一个成本核算设想，第一时间拿给标哥看。

标哥看得很认真，他问我："小李，钢板有必要每个厚度规格都设定一个成本标准吗？"我不假思索地回答："当然啊，这样核算成本更加精准！"

"可是，成本相差不大的情况下，现场都是按区间录入的，比如 14 ～ 20 毫米的同种钢板，标准是相同的。"

"怎么能这样呢？成本差距虽小，但仍然存在啊，这不是人为制造错误数据吗？"我较起真来。

"大家都想把成本核算得分毫不差，你的思路也没有错，但现场的实际情况，目前还满足不了这种要求，人为增加工作难度的同时也达不到预期效果。你看这类钢板……"

标哥娓娓道来，我对现场的实际情况也有了更深了解。我明白了，细类钢种成本效益核算不准确的问题，并不是把核算单元变小就能解决，而是个系统性课题，有些可以通过提升管理水平改善，有些可能需要通过新方法、新技术的优化升级来实现。

标哥说他通过这段时间的相处，发现了我们财务人员特有的职业特点，较真、务实、专业度很高，这也让他收获良多。标哥鼓励我多下现场，多掌握实际情况，多熟悉生产工艺流程，这样在面对复杂的生产现场时，才能快速定位、抓大放小，反映及时且相对准确的数据，做好现场成本支撑和管理决策支撑。熟悉生产工艺的同时，也向现场员工普及基础财务知识，不断提升管理软实力。

后来，我不再执着于对着电脑爬格子，也不再执着于对比十多个口径的数据来证明自己的专业性，而是学习标哥，到现场去。我的成本测算偏差越来越小，现场员工对我的认可度越来越高。我觉得，关于成本管理，我被师父领进了门。

师父批准我出师

现场待久了，和大李越发熟悉。这天，对着月度报表，大李叹息成本指标没完成。

车间的成本报表是我做的，合金指标超了不少。我和大李开玩笑："大李哥，镍的价格最近涨得厉害。"大李情绪不高地长叹一口气。我猜到原因：X 钢生产不顺。唉！这个钢种现场攻关很久了，一直没有起色。

大李很沮丧："这么高价的品种，为什么总是不赚钱？"

这个问题，我想我作为财务人员，要认真回答。我回去马上开始整理自 X 钢生产以来的相关数据，细化到每一个合同的销售价格、订货量、交货情况及效益情况。因为和先进钢厂建立了联动机制，我做了对标数据，发现差距很大，我的头也很大。

我坐在电脑前，久久没起身。标哥探过头来："小李啊，好久不见你这么认真地爬格子了，碰上什么难题啦？"

我看着眼前大片大片的飘红数据，情绪也低落下来："X 钢接单价这么高，却不见预期效益。标哥，你看，对标数据与先进钢厂的差距很大。真是碰上难题了。"

"那你分析出原因了吗？"

"原因很复杂。合金成本高、生产难度大、交货周期长，各种因素互相影响。"

标哥走过来看数据，眉头也皱了起来。千头万绪，一时不知道从何下手。

"去现场吧！"我俩竟然异口同声。

我们牵头组织现场会商，公司生产、销售、采购等相关部门联席参加，一起为生产提供服务和支撑，新一轮业务、财务攻坚战

奋斗，为了更好

拉开帷幕!

我详细解释了 X 钢不赚钱的原因:售价虽高,但订单量不饱满,为等到经济组炉量,生产排产很慢。而这个钢种 75% 的成本来自镍合金,价格变动极快,经常还未等到生产计划下达,镍合金就涨价 20%,什么都没干可能都会亏。随后,我展示出对标数据,先进钢厂的消耗量、成材率都优于我们。

怎么办呢?大家想了很多方案,大部分的方案大李表示现场都试过了,效果不明显。这类生产工艺复杂的新钢种,生产经验还在积累,为确保成分命中率,不能轻易套用传统的降成本思路。

如何创新?大家展开讨论,集思广益。我提议财务以现有生产耗用数据为基础,建数据模型。在订单询单时,根据实时供销数据,把合同效益测算出来。如果确定签订销售合同,那就请采购部门联动,进行期货套保锁定镍合金采购价格。

采购部门表示全力配合。生产部门提出销售接单时,不要只考虑销售单价,还要和生产部门积极沟通,充分考虑组炉组板及合金投放的经济性,科学定价,销售部门表示充分认可。

大李要我近段时间就驻扎在现场,全力配合品种攻关,及时更新对标分析,越细越好,帮助现场发现问题,不断改进。这是掉我饭碗里的活,我自然乐意至极。

我在大李办公室扎下阵来,开始建数据模型,拿优化后的数据进行对标。合金单耗追上来了一点,但与先进钢厂的差距还很大。哪里有疏漏吗?不行!还是要到生产现场去找找灵感。

路过轧钢车间,我看见天车正在收集切板后的废钢。那一瞬间,我突然灵光闪现:X 钢轧完切板时,切下来的废钢,可以进行专项回收啊!下次生产 X 钢时再投入炼钢炉,就能省下不少合金!

生产现场数据采集核对

　　"大李，大李！"我兴奋地找到大李。他听完，简直比我还要兴奋，大手一挥："走，去轧钢车间！跟他们谈怎么安排专项回收。"

　　2023年末，X钢的创效得到很大提升，攻坚组的同事们都非常高兴。标哥说："小李，你这个徒弟，我批准出师了！"

成功的时候干一杯

　　一晃眼，我在成本科工作快5年，也有新加入成本科的年轻同事叫我"小李哥"了。我学标哥的样子，鼓励年轻的同事沉到现场，成本科逐渐形成了财务和业务"熔炼"的传统。

　　今年，我随科室去先进钢厂对标。我发现，对标钢厂启动了

奋斗，为了更好

数字化建设,一期开发已经完成。这个数字平台,可以自动收集记录车间每一炉钢的详细数据。最让人惊讶的是,在操作台的醒目位置挂有一块大屏,以显示生产重要指标,每炼完一炉钢,数据就实时变化;如果与计划偏差较大,还会自动预警。平台还能够调取任意期间的数据,装入预先设计的模型进行横向或纵向比较,使财务分析变得非常便捷。

在回来后的对标交流会上,同事们都在讨论这个数据平台。有了这个平台,可以轻易实现我刚进成本科时那个充满雄心壮志的设想,使冷冰冰的数据生动起来,转化为宝贵的财富。全新时代,已然来临!

一个月后,湘钢的"全工序成本管控系统"项目启动,开始建设自己的数据平台。炼钢组,除了我和大李,还有软件工程师周工和陈工。周工是个年轻小伙,外向健谈;陈工属于典型的程序员性格,内敛沉稳。

业务讨论时,大李直击主题:"成本核算要细化,越细越好。"我一听就乐了:"大李哥,这是我的词吧,你抢着说了。"大李也笑了:"以前那是条件没成熟,现在我们要乘着这股东风,一次性搞定。"

然而,现实问题依然摆在那里:数据采集点不够;各级系统因技术问题难以共联;很多判断条件存在特殊情况,规则难以统一。周工说,按目前的情况,系统可以维持现有水平,并且能够实现数据自动采集,大大提升效率和准确率,还可以为后续数据运用提供支撑,这已经是比较大的进步了。

"那不行!"我和大李异口同声。好不容易建设数据系统,成本核算怎么能不细化一级呢!见我和大李这么坚决,周工和陈工也比较为难。两天的讨论,很多观点相持不下,难办啊!这时候我又提出大家一起去现场，根据实际情况，该增加硬件的增加硬件，该升级软件的升级软件。实在解决不了的，在系统内做好预留，便于后期改造。

　　大李说，现场办公问题由他负责协调，明天就可以去开讨论会。我说，那我明天请大家喝咖啡，周工说他请喝奶茶，陈工慢悠悠地来了一句：那我就在上线成功时，请大家干一杯！

（整理：张洋　姜柯　文字编辑：胡佩生）

奋斗，为了更好

甲方乙方

胡耀斌

　　2019 年国庆节刚过，工程技术公司电气工区年轻的张主任，被公司主管副总经理叫过去，告诉他炼铁厂 2 号高炉要大修，电气工区将承接炉顶布料控制系统施工任务。张主任原以为工程技术公司只会承接部分电气工作量，没想到却是全部，既兴奋又觉得压力大。

　　电气工区 8 月份刚成立，负责炼铁厂区域电气设备的日常维护工作。工区大部分维修电工就是从炼铁厂转过来的，老同志多，班组缺员严重，这么大的电气工作量，之前从未有过。

　　副总经理提醒张主任说："炼铁厂和咱们工程技术公司是甲方与乙方，一定要处理好配合关系啊。"

改，还是不改?

　　10 月 18 日这天，天气突然开始转凉。炼铁厂电气车间李主任带着厂领导的指示，在车间会议室召开炉顶布料控制系统改造技术讨论会。参加会议的，包括甲方炼铁厂的电气车间点检员，乙方工程技术公司的电气工区维护人员。

　　会上争论比较激烈的，是 2 号高炉炉顶电气控制系统是否需要改造。有人认为要改，新设备可靠性更高，可以减少故障率，而且布料角度显示更加精准，布料合格率也能大大提升；也有人认为不要改，理由是新设备没有用过，技术上掌握不到位，而老设备使用多年，虽然性能差一些，但已经驾轻就熟，还能继续使用。

李主任眼见发言已经差不多，就清了清嗓音，肯定地说道："大家说的我都认真听了，赞成改的占多数，不赞成改的为少数。综合判断的话，我们决定还是改。不过，想听听工程技术公司方面维护电工班组的意见。王班长，你认为改还是不改？"

王班长性格耿直，说话直来直去。前几天，他与炼铁厂这边的点检员就一起事故责任认定有分歧，心里还有些不愉快。眼下这种场合，他想了想，谨慎地说："炉顶布料控制系统改造，你们说怎样改，我们就怎样做，没有其他想法！"

李主任又问："那 α 电机和 β 电机的角度控制由自整角机改为编码器控制，你们觉得怎样？"王班长回答道："那可不行，编码器控制在我们维护区域根本没有用过，出了事我们负不了责。"

李主任听了，感觉一时恐怕难以沟通，就宣布："炉顶布料控制系统原则上还得改造，改造中的技术细节，请甲乙双方再认真琢磨，达成共识。不过，时间上要快！"

会后，李主任特意找到工程技术公司高炉电工段的贺段长，请他帮忙做王班长的思想工作，贺段长立即答应。

"小诸葛"显神通

从第二天开始，炼铁厂的电气车间点检员着手收集施工项目，制订施工网络，确认与工艺、机械交叉作业的时间节点；工程技术

奋斗，为了更好

公司的电气工区技术员编制施工方案，制订安全措施。同时，点检员联系设计院进行现场查勘，设计电气图纸，再依据图纸订购电气设备和材料。

10月21日上午，高炉电工段电工班开完班前会，贺段长记起李主任的叮嘱，来到班组休息室找王班长。"听说，人家甲方找你沟通炉顶布料控制系统改造方案，你不是蛮配合？"

"贺段长，不是我不配合。上次主皮带控制系统老是跳闸，明明是高压设备有问题，他们却总说我们维护电工水平低，现场响应太慢，查不出故障。我觉得，有些事情还是规避一点责任好些。"

贺段长见他还在为上次的事故认定而纠结，语重心长地说："我们工程技术公司就是做服务的，必须服务、服从主业生产，满足业主需求。电气工区也提出要给甲方业主单位'少添堵、多分忧'。高炉主皮带频繁跳闸出事故，我们自身的确有问题。你好好想想，是不是这么回事？"一席话，说得王班长缄默不语。

大修改造时间日益临近，王班长召集全班，开起了炉顶控制系统技术改造方案的"诸葛亮会"。他首先表态，说："前几天，贺段长批评了我，说我做事格局太小，没有全心全意地为甲方服务。我回去一想，确实真是这么回事儿。炼铁厂和我们，是利益攸关的关系。设备改造好了，我们维护的难度就减少了，班组经济效益也上去了。所以，我们应当换位思考，主动出击，不能当算盘珠子，拨一下动一下。对于炉顶控制系统的 α 电机和 β 电机的角度检测由自整角机检测改为编码器检测，大家有什么好的建议？"

郭副班长发言说："对比自整角机检测，编码器检测有角度显示精度高、系统稳定性好、设备故障率低的优点。我们区域以前没有用过，维护起来缺乏经验，所以，要加强这方面的技术培训，让大家快速掌握新设备。"

瑛姐提出，编码器电缆一定要用屏蔽电缆，这样能减少电磁干扰，提升显示精度。专业技师周师傅在一旁补充道，要用一整根屏蔽电缆，中间不能加端子箱过渡，否则，信号容易受干扰，也增加了故障点。白班电工欧师傅则认为，编码器与电机的联轴器安装同心度要校正，不能采用焊接方式，必须螺栓紧固，以便于故障状态下的快速更换。倒班电工吴师傅紧跟着发言道，编码器校零要划定标识，在乱码情况下以方便计算机找角度、迅速找回零位角。

十多位维修电工，前前后后提出了 8 条可行性建议，王班长逐一记下，高兴地说："大家说得都很好，许多建议实用性很高。待我整理一下，交给甲方点检员审核实施。"甲方设备管理人员对这些建议仔细研究后，将大部分建议应用到了改造施工中。

干活要较真儿

从 12 月 20 日开始，工艺料罐吊装顺利，布料传动装置也同步安装就位，炉顶部分的电气施工作业正式开始。先安装 α 电机和 β 电机，电气维护电工再安装编码器、敷设电缆、配电柜布线，接着调试电气设备，最后由自动化人员编制程序画面。

老凌是炼铁厂的电气车间炉顶设备点检员，性格憨厚，做事不紧不慢；他的妻子瑛姐是工程技术公司电气工区的维护电工，性格泼辣，雷厉风行。12 月 25 日，炉顶电气设备安装、电缆敷设全部到位，马上要进入计算机打点调试流程。因为老凌主管这座高炉的炉顶电气设备，瑛姐又是电工班骨干，心灵手巧，接线正确率极高，所以，大家一致推荐他俩主持这次打点调试。

打点调试时，老凌在炉顶用对讲机告诉电磁站的瑛姐："我看了图纸，新增 α 角度保护跳闸点，你接在计算机输出模块 5 号端子点。"瑛姐马上执行到位，将炉顶控制电缆接到 5 号端子点。结果，12 月 28 日初次试车时，炉顶布料器总是莫名其妙地跳闸。瑛姐上上下下来回爬几十米高的炉顶，核对电缆接线端子号，累得气喘吁吁，才发现新增的 α 角度保护跳闸点的控制电缆应该接到 15 号端子点。她气愤地埋怨老凌："是 15 号端子点，请你下次看清楚好吧！"老凌红着脸争辩："我说的是 15 号端子点，在对讲机里你没听清楚好吧！"到底谁对谁错，只有他们两口子清楚。

12 月 28 日，炉顶布料带空负荷运行，整个电气控制系统运行良好。但是，到第三天，高炉主控室计算机 α 角度和 β 角度却显示丢失，炉顶上料系统无法空负荷模拟布料。这要是在正常生产中，炉内就会出现低料线，严重影响生产。

电气工区技术人员赵工和电气点检员老凌一起爬上炉顶，发

更换高炉炉顶电缆

瞧这两口子

现编码器电源时断时续，断定是电源模块出了问题，更换后故障就消除了。赵工找到电气车间李主任，建议说："经过一段时间试运行，炉顶电气控制系统虽然总体平稳，但各种故障还是时有发生。我想改一下电气控制图，增加一块电源模块，把 α 编码器和 β 编码器的电源分开输出，这样虽然设备投入成本增加了，但是设备可靠性会大大增强。"李主任欣然接受赵工的合理化建议，改完以后，果然电源丢失现象再也没有出现了。

2020 年元旦刚过没几天，高炉主控室计算机出问题了，有时能启动 α 电机，有时又不能，几拨技术人员爬上炉顶检查，都没发现问题点。贺段长垂头丧气地在电工班说起这件事，周技师想起来说："是不是我们敷设的上炉顶电缆没有绑扎好？炉顶布料设备位于 40 多米高的地方，会不会是风大时，吹动了接线端子？"

一句话提醒贺段长，他马上派王班长带几个人上炉顶，一根

奋斗，为了更好

一根电缆地排查。果然，有五六根电缆只是简单地用电线捆扎，却没有使用专业扎带，风一吹，就扯动了端子板，造成 α 电机的启动情况时好时坏。贺段长十分生气，当晚在班组召开检修反省会，询问具体施工的几位维护电工，为什么会出现这种事。

电工们辩解道："当时工期追得紧，往往是我们上炉顶施工不久，就要给机械施工让位，刚接线，就喊要试车了！"贺段长严肃地说："这些都不是降低施工质量的理由，你们的所作所为，与我们工程技术公司的服务理念严重不符，必须承担考核。另外，这次上炉顶检查时还发现部分电缆走向标识缺失，编码器联轴器没有用螺栓固定紧，明天上午，王班长带人一起解决。"

2020 年 1 月 7 日，2 号高炉大修后顺利点火投产。贺段长、王班长经常到高炉主控室进行设备巡视，他们询问岗位人员，觉得炉顶布料有哪些变化。对方回答说，α 电机和 β 电机布料角度显示精准，操作不需要留提前量。炉顶下料无论是布焦炭还是布矿粉，都无闪动和停顿现象，布料合格率大大提升，这次布料系统改造很成功。

（文字编辑：胡佩生）

汽笛声声

向伟煌

"爸爸，爸爸，你这次出差怎么这么久呀，干什么去了呢？宝宝都好久没见过爸爸了呢。"出差归来，好久未见的女儿扑到我怀里，面带委屈地问我。

"爸爸去参加'河钢杯'第十届全国钢铁行业内燃机车司机竞赛了呀！"

"什么是内燃机车呀？那爸爸考了多少名啊？"

"内燃机车呀，就是火车的一种。爸爸这次可考了第五名呢！"

带儿子和女儿看"奋斗号"蒸汽机车

奋斗，为了更好

"爸爸才考第五名呀，宝宝每次考试都是全年级前三名呢！"

"好好好，宝宝最棒了，明天爸爸就带你去厂里看火车好不好？"

"好耶好耶！看大火车头去咯！"

第二天，我们一家人来到湘钢初心广场，看这台服役三十多年的蒸汽机车。铸铁车身散发着黝黑的光泽，车身左侧"奋斗号"三个红底大字分外醒目。它曾经是铁路运输线上的"战士"，在激情如火的岁月，它的汽笛声在湘江河畔久久回荡。而我，曾经是它的驾驶员……

我的胖师父

2004 年，我脱下军装换上工装。那一年的回忆有些苦涩。在部队，我是个很要强的小伙儿，每次训练冲在最前面的几个人中一定有我的身影。只可惜，铁打的营盘流水的兵，5 年的军旅生涯转瞬即逝。正当我满怀雄心壮志，准备在湘钢的工作中也闯出一片天地的时候，属于我的黑夜却降临了。

进入班组第一天，一位胖胖的师傅领着我走上了工作岗位——蒸汽机车司炉。站在不足 3 平方米的操纵间内，双手不停地挥舞着大铁锹，将一锹锹煤送进烧得通红的锅炉里。每当用脚踩开黑乎乎又笨又重的炉门时，一股热浪就扑面而来，脸上豆大的汗珠一滴滴落下。看着胖师傅悠然自得地操控着操纵杆，心里羡慕得紧。我在部队好歹也是训练精英，退伍后就只能来给这个大铁疙瘩当伙夫？我需要的是能释放激情、有挑战性的工作。空有一身本领却无处使的我，上交了岗位调动申请。可是，领导没批。

3 个月的学徒期在浑浑噩噩中度过。定岗考试成绩出来的时候，我很诧异。理论 65 分，实际操作 60.5 分。回想自己貌似在这 3 个月里，除了不停地铲煤，就只有跟胖师傅聊天了，怎么还能混到及格呢？思考了很久，再联想到这次考试的场景，好像大部分题目都有印象。难道就是每天上班与那个胖师傅闲聊时吸收的知识？从那时开始，这个胖胖的身影开始走进我的工作和生活。

　　大概半年后，我所在的单位举办一场不亚于部队比武的赛事——公司内燃机车职业技能大赛。众多参赛选手一个个精神抖擞，壮志高昂地步入考场，充分展现各自专长。特别是那位胖师傅，驾驶着 92 吨净重的火车，牵引 9 辆载满货物的车皮，在时速 20 公里的速度下对标停车，竟然达到零误差的恐怖程度。这样的场景，仿佛让我回到在部队时的岁月，我想起了"掉血掉肉不掉队，流血流汗不流泪"的口号，一瞬间全身血液沸腾。回想自己工作的种种表现，不是迟到早退就是思想开小差、打瞌睡，领导失望、家人也不对我抱有期待了。这样的我，显得与比赛场景那么格

运送铁水的机车

奋斗，为了更好

格不入。22 岁的我，第一次不敢直视自己的内心。

比赛结束，胖师傅实至名归地拿下第一名，被公司晋升为技师。刚回到作业岗位那几天，我们的交谈显然减少了许多，但我对这位胖师傅的观察留意却频繁起来。工作中，他一丝不苟，严格执行标准化作业制度。哪里最多可以配送多少车皮，哪里速度该快该慢，都了然于心。渐渐地，那个胖胖的身影越看越顺眼了、发光了。"想学？我可以教你。"直到他跟我说这句话的时候，我才意识到原来在我偷偷观察胖师傅的同时，他也在观察着我。不过当时我并没接话，而是默默地看向远方的灯光信号，脑海中还在纠结着。

说来也怪，从那天开始，每天上班前的 20 分钟左右，总能接到胖师傅的电话，不是请我帮他带瓶水，就是约我一起去食堂吃饭。每次作业，他都自言自语般地把作业标准和注意事项讲得清清楚楚，甚至有些能独立完成的工作，也会叫上我在他身边搭把手。直到多年后的某次交谈我才知道，那是他不想让我再迟到再违规，成为班组的"一粒老鼠屎"。

铁锹挥动的同时，时间也在流逝。与胖师傅一起上班时间长了，或多或少了解到一些他的往事：1997 年从湘钢技校毕业入厂，1998 年担任火车学徒司炉工，1999 年提为火车副司机，2001 年考上操纵副司机，2003 年考上火车司机。原来，这位胖师傅能有如此优异成绩，也是一步一个脚印勤学苦练出来的，这不正与当初新兵入伍的我一样，一个动作一个动作反复训练吗？看着这位自言自语工作着的胖师傅，一句"师父，我想学，您教我吧"终于突破大脑中的锁链，发出最诚挚的声响。他此时的回答十分耐人寻味："一直在教你啊，徒弟伢子。"

感动、相拥、落泪没有出现在我的身上，但我知道，当时的自己一定湿润了眼眶。也正是从那时起，那个不畏艰难、勇于挑战的我，又回来了。我每天利用休息时间在家背诵机车通路，有专门的笔记本记录一天的工作内容，下班后与师父一起维护保养机车设备。生活在变得充实，我的内心也逐渐得到释放。可能也是这时，我的火车司机生涯才算正式开始吧。

在内燃机车上

2005年3月，湘钢采购了第一批内燃机车。实习期间，我因表现出色，有幸成为第一批内燃机车的副司机。

这一天，我和师父一起在机车上工作。师父看着我，突然问道："小伙子，你觉得副司机的工作和司炉工有什么不同呢？"

我思考了一下，回答："副司机的工作更加复杂，需要瞭望信号，还要对机车进行维护保养，而司炉工主要只是负责烧火。"

师父点了点头，说："没错，副司机的工作确实更加复杂。你还需要不断学习，熟悉机车的结构和操作。只有这样，才能确保运行安全，避免事故发生。"听到师父的话，我深感责任重大。我下定决心要不断学习，提高自己的技能水平。

有一次，师父问我："昨天我带你看了机车的动力系统，你还记得它由哪些设备组成，各起什么作用吗？"

我愣住了，一时回答不上来。师父看着我，叹了口气说："没关系，记不住就慢慢学。你可以用一个笔记本，把所有设备的名称都写下来，有空的时候对着机车实物，看一个记一个。"

我点了点头，感激地看了看师父。于是，我开始认真记录每一个设备的名称和作用。每天上班前，我都会提前到机车旁边，对照笔记本上的内容，一个个查找设备的位置并了解它的作用。渐渐地，笔记本上的内容越来越多，我对机车的构造也越来越熟悉。

时间一晃来到了 2008 年，班里传出操纵副司机考试的消息，我兴奋不已，知道这是我的机会，但也感受到压力。我知道，只有通过考试，才能正式成为一名机车司机。于是，我开始加大学习的强度。

终于，操纵副司机考试的日子到了。那天早上，我提前到达考场，心怦怦直跳。虽然已经做了充分准备，但面对如此重要的考试，还是感到紧张。

考试开始，首先是理论知识部分。我深吸了一口气，开始认真答题。每一道题我都仔细思考，努力保证答案的正确性。经过一个小时的奋战，我终于完成了所有题目。

接下来是实操部分，这对我来说是一个挑战，需要展示自己对机车的熟悉程度和驾驶技能。我按照之前练习的步骤，一步步地操作。虽然过程中有些紧张，但得益于充分的准备，我还是顺利完成了所有内容。

考试结束，我松了一口气，我知道自己尽力了，无论结果如何都问心无愧。几天后成绩公布了，我以优异的分数通过考试，成为一名操纵副司机。

我就是"火车头"

2019 年开始，为充分发挥党员的先锋模范作用，运输部党委组织开展以"党员先锋行"为主题的"党员示范岗"活动。经过部、段的层层评比筛选，我光荣地进入"党员先锋号"名单。

我和"党员先锋号"机车留个影

　　如果你问我加入"先锋号"是什么感觉？我只能说：痛并快乐着。痛，是为人子、为人夫、为人父而做得不够的痛；快乐，是艰苦奋斗、迎难而上、勇攀高峰的整个过程。

　　在新型冠状病毒肺炎疫情期间，大家天天戴着大口罩，上班消毒，下班回家还要消毒。那时的我，面对未知的病毒其实是挺害怕的，毕竟上有老下有小，不敢生病，也不能生病。但不服输的性子，还是迫使我每天毅然出门。火车司机如果没有过硬的技术，就等于是聋子、瞎子，安全就没有保障，更不要讲带领伙伴驾驶"党员先锋号"、发挥模范带头作用了。

　　"火车司机就是火车头里的'火车头'，要争就要争第一，要当就要当排头兵！"这是我给自己的职业定位。要想成为排头兵，光会开火车是远远不够的，"必须会修车"成了我的新目标。

　　检修场地很空旷，我利用这一有利条件，探索并解决机车一些常见故障的处理方法。成千上万的零件、每一条错综复杂的电

奋斗，为了更好

路，我都摸了好几百遍，已经烂熟于心。书桌上的一摞摞资料，工作服裤腿的一个个补丁，见证着我的成长。厚积薄发，蓄势待发。终于，在2023年，湘钢给了我一个参加全国行业技能比武的大舞台，而我也没有辜负期望，拿到第五名的好成绩。

在这荣誉的背后，是家人始终如一的支持与付出。2022年初，身边的同事因感染新型冠状病毒肺炎而接连倒下，能正常上岗的火车司机严重不足，铁路运输安全保运保产的压力不断增大。此时，我和几个少数同事成为幸运儿，没有被感染。为减少人员流动带来的感染风险，我没有回家，申请留厂，身兼数职，只为守住铁路运输生命线。

一天中午，连续4天没有回家的我收到女儿打过来的视频通话。

"爸爸，您什么时候回来啊？我想您了！"

这小家伙，嘴还挺甜。都说闺女是爸爸的"小棉袄"，没想到几天不见，这次直接给我来了个"甜蜜暴击"。

"现在疫情的影响还没得到控制，爸爸必须在单位坚守阵地啊！还记得以前你和妈妈去部队看我时遇到的演习吗？现在，爸爸又上战场了，你和妈妈在家里，可要当好我的坚强后盾啊！"

"爸爸，你就放心吧，我会照顾好自己的。我现在每天都按时给爷爷奶奶送药吃，我自己还学会了做蛋炒饭、葱油面呢，等你回来做给你尝尝哈。"听到女儿这番话，再看看女儿旁边妻子泛红的双眼，我心痛到说不出话来，只能连连点头。

是啊，女儿还只有7岁，妻子一个人既要顾小又要顾老，而为人父、为人夫的我却天天守在厂里，没能为他们做点什么，内心不禁产生了回家的动摇想法。刚想说"爸爸马上回家陪你"，可回头看着包乘组其他人员忙碌的身影，我毅然决然地挂断了视频。岁月静好，那是因为有人在默默付出。作为一名退伍军人、共产党员，我必须承担自己的责任和使命。

（整理：谭健夫　王举　文字编辑：王文新）

奋斗，为了更好

平凡的"守关人"

王成成

    成吨的废钢被天车吊起，拆包机发出阵阵轰鸣。炉料站的质检员目不转睛地盯着拆包出来的废钢，"里外质量一致，通过！""掺有大量灰渣，作假！"具有高度责任感和使命感的质检员，牢牢为公司守好质量关。

顺藤摸"瓜"

    初冬时节的下午，太阳躲到铅灰色的云后，天气非常湿冷，还带有一种说不出的压抑。火车头将载满货物的局车缓缓牵引到拆包位置，巨大的天车磁盘吊从车厢里吸起一块废钢压块。

    "嘶——"的一声，拆包机把那块废钢压块拆开，黑色的灰渣露了出来。

    质检员小吴皱着眉头对同事说道："1吨的压块掺了太多灰渣！这车废钢的质量都没法用等级来评判了，全是废弃物！"

    "掺假也太嚣张了！通知采购部，没收整车废钢，罚供应商质量违约金10万元，通知相关单位入厂确认！大家抓紧时间，继续检查其他车辆。"班长老唐提示班员们。

    旁边的小吴看着排列整齐的车皮，陷入沉思。老唐拍了拍她

掺在压块废钢中的灰渣

的肩膀："想什么呢？检查完这一批次，就下班了。"

小吴说："我在想，路局车辆发货模式是一个站点一个站点地发，不像汽车是一辆辆地发，同一个发站点发出的其他车辆装载的废钢，会不会也有问题？"

天空飘起了小雨，每个人都把手拢在袖口中，在原地不断地跺脚，想暖和一点，大家都想检查完这一批次就赶紧下班回家。

"你是想重新检查一遍这个站点发出的其他车辆吗？"老唐问。

"刚刚没收的这辆车加上处罚金，能为公司挽回31万元。如果这个站点发出的废钢都有问题，公司又能损失得起几个31万？"小吴眉头紧皱，眼神中流露出深深的担忧。

"你说得对，不能让有问题的废钢从我们手中溜走！"老唐点点头说，"大家一起加班！记得提前跟家里人打声招呼。"老唐随即安排班员们对这个站点发出的其他车辆重新调回复查。

夜色之下，人们都在忙而不乱地复查车辆，一直忙到凌晨，最终彻查出有 7 个车皮都存在废钢掺假的问题，为公司挽回 200 多万元的经济损失，同时还消除了转炉冶炼过程中的溢渣、放炮、钢水成分异常等隐患。

调包的钢块

8 月，太阳照得人睁不开眼睛，炙热的空气里，夹杂着汗水的味道。

"轰隆隆、轰隆隆"，巨大的拆包机不知疲倦地运行，工作间内，豆大的汗珠布满质检员小李的额头和脸庞，蓝色工作服也被汗水浸得透湿。

"拆包机都抓得打滑了，还是拆不开，现在怎么办？"拆包机师傅无奈地望着小李。

小李擦了一把额上的汗水，若有所思，蹙眉说道："虽然选吊的 5 块中拆开 3 块都没问题，但是剩下的两块也必须拆开看看，以防万一。要不，我们用火焰切割试试？"

天气这么热，火焰切割一块至少要耗费 1 小时，此时正值午饭时间，火焰切割人员难以立即协调到位。于是，小李先将压块转移至切割地点暂不处理，待午饭后再回现场查看具体情况。

路上，同事们三五成群向餐厅走去，而小李却心事重重，一直担忧着那件无人看管的样品。他胡乱扒了几口饭菜，就一路小跑赶回切割地点。

气温攀升，燥热难耐。到了切割现场，小李已经大汗淋漓。他看到压块废钢已经不知被谁切割成两半，中心部位目测比较干净，没有杂物，便放心地返回工作间，可是又总感觉有哪里不对劲……

"这一块废钢，四周表面并没有拆包机留下的抓痕，一定不是要进行火焰切割的那一块！"突然，他脑海中灵光一闪，想到是哪里不对了。

小李立马转身，飞奔至切割地点，仔细打量已切割的那块废钢外观，情况正如他所预料的一样——压块废钢被调包了！

"这不是之前要切割的那块废钢！"他大声向由外协人员担任的火焰切割师傅说道。

"就是原来那块啊！这里只有这一块！"火焰切割师傅不以为意地回答。

小李猛地摇摇头："我必须为公司守好这一关！"

双方僵持不下，小李将情况上报到站里，站里通过调取监控，

检查压块废钢的内部质量

奋斗，为了更好

发现压块果真被调包了！原来的压块，被人藏在了内倒火车皮里。

待众人爬到火车皮上一看，顿时傻眼了，哪里有那么容易找啊。车皮里到处都是压块，横七竖八地堆放着，根本分不清哪一块是被调包样品，只能一块一块地吊出来，靠小李来辨识。历经两小时，小李凭借记忆认出了那块样品，于是喊火焰切割师傅进行切割。

一阵炫目的火焰喷射而出，样品被切割开来，露出来的全是灰渣，纯粹属于弄虚作假！

这条焊缝不正常

板厂废钢作业区，天车的行走声、废钢料的撞击声、汽车的轰鸣声交织在一起，现场一片忙碌。

"请提交申检单，把车开到货位上准备卸料！"这是质检员老肖今天验收的第五台汽运散料废钢车。

这辆车装载的重型废钢都是大件，卸得应该比较快。老肖站在远处揉了揉腿，伸了伸胳膊，目不转睛地检查天车吊运下来的废钢。

"这一吊是工角槽结构件，这一吊是设备解体件……看起来质量还是不错的。"老肖一边看，一边在心中默默做着评估。

这时，一块几何形状的型材引起他的注意。"怎么每隔几吊，磁盘吊吸出来的废钢中就夹有一个完整的几何状型材？"

老肖心生疑窦，马上联系操作台的天车司机，将完整的几何状型材吊到一侧做检查。

他围着型材转了转，接着看了看，又敲了敲，并没发现什么特别之处。

"咦?"

就在老肖转身准备离开之际，型材棱角处的焊缝引起他的注意。大型设备拆解件一般都有切割痕，怎么还有焊在一起的，而且焊缝连接得这么饱满？他猜想：焊缝里面会不会有……

任何一个异常都不能轻易放过！老肖决定将型材切割开来检查，于是，他立马通知生产厂配合火焰切割。随着切割枪点燃，型材表面逐渐出现一道道深深的切割裂痕。型材被切开了，撬开钢板，只看见水泥紧紧填充在型材内壁，灰白色的表面与钢材的金属光泽形成鲜明对比。果然，这块型材是用钢板和钢管焊接拼起来的，中间竟然灌满了水泥！若是没发现，则会按重型废钢判定，整车算下来，公司要付 10 多万元出去。

5000 元的诱惑

"停一下，停一下！"质检员小龙向拆包机师傅紧急叫停，因为，他发现一个压块废钢的里外材质好像不一致。

原来，压块中夹杂着大量的回收汽车壳及含有保温材料的隔热板。这种压块不仅以次充好，使入炉熔化后的钢水收得率降低，汽车壳上的橡胶条和保温材料燃烧后还会产生大量烟尘。

这样的废钢已属于验收条例中的最低级别，而且要罚质保违约金。小龙当即通知该单位业务代表进厂确认。

"这还好啦，只是掺杂了一点点。"

"是打包工人没清理干净导致的，不是有意的……"

业务代表看完拆包质量结果，找各种理由解释。

小龙扯了扯被"轰炸"了半天的耳朵根子："不用再说了！我告诉你，拆包出来是什么就是什么。"

业务代表一言不发地往外走，小龙追过去，要他签字确认。

业务代表小心翼翼环顾四周，靠近小龙并压低声音说："你放过这一车，我给你5000元钱，抵得上你一个月工资了。"

"呵呵，少来！"小龙嗤笑道，"你搞这一套，没用！"

识破弄虚作假行为，认真坚守关口，追寻蛛丝马迹，抵制各种诱惑……这需要有岗位上的责任心、检查过程中的细心、抵制诱惑的决心。炉料站的质检员们，是一群虽然平凡但令人佩服的"守关人"。

（文字编辑：时代）

文体名片

王海波　卫子

进入湘钢正大门，钢城大道右侧，是花树掩映的湘钢厂史馆，经常来参观的有上级领导、各界来宾和社会公众等等。与其他大企业的同类展览相比，湘钢厂史馆为职工文艺和体育工作辟有的专门展示区，成为一大特色。

在湘钢还不是多么有名气、甚至常被人家把"湘钢"给听成"香港"，闹出许多笑话的年代，其美术、书法、摄影作品，还有文艺节目、体育项目等，就已经在国内许多重要的展览、评比、演出、比赛中获得很高荣誉，外面的人们由衷赞叹："湘钢，不错嘛。"

那年，湘钢职工艺术团从北京载誉归来，公司给演职人员记功授奖。党委李书记感叹道：职工文体工作搞得好，那也是湘钢的名片！

印刷 15 万张的宣传画

1986 年早春二月，由北京开往贵阳的 149 次直达快车经停湘潭站。跟随着出站人流，一位身穿湖蓝色羽绒服、戴玳瑁架眼镜的高个子年轻人步出检票口。他四下张望着，同时把手里拿着的《中国冶金报》举在显眼位置。

人群中挤过来一个人，盯住报纸试探着问："您是冶金报的陈编辑吧？""是啊。请问您是……""我是湘钢工会俱乐部的美术专干，姓徐。特地来接您。""徐老师您好！"两双手热烈相握。

国家改革开放，钢铁大干快上，"钢"字号文艺吹响号角。陈编辑此番受命南下，将辗转中南、西南数省，其重要任务是组织创作一批富于时代气息的美术作品，尤其是工业宣传画。

1985年首届全国冶金职工美术展上，展出五幅宣传画，其中来自湘钢的就有三幅，一幅获奖、两幅为冶金工业部收藏，这给陈编辑留下深刻印象。故而，他把湘钢选定为此次出行第一站，手提包里一摞约稿单上，写着好几位湘钢作者的名字。

陈编辑到得巧，这里的画家们正集中参加版画创作学习班。他把来湘钢的意图向大家交了底，一起学习冶金部长戚元靖同志在全国冶金工作会议上的讲话，又从题材、构思到构图、色彩，讲解这批宣传画的创作要点。

徐老师抑制不住满心兴奋："我们湘钢，能不能把这次宣传画的创作任务全都承担下来？"陈编辑一怔，环顾周围期待的目光，心想：这帮小年轻，心倒挺大。不过，昨晚与徐老师一番深夜长谈后，陈编辑觉得湘钢应当有实力。而且，宣传画集中创作，也便于掌握和指导。虽然这么想，他还是不确定地说："那样，时间很紧啊。到时候拿不出像样东西，我没办法跟部里交待。"徐老师斩钉截铁地表示："愿立'军令状'！我们湖南人，吃得苦，霸得蛮。"

望着陈编辑登上列车远去，徐老师这才担忧起来：湘钢有宣传画创作经验的其实很少，大多数人属于黑板报起家。

版画学习班立即转为宣传画创作班。头一批，五十多幅小稿全部"牺牲"；第二批，依然没有"活"下来的。

湘钢工会杨主席有时候会抽空前来，就那么或坐或站地看着，并不提要求、作指示。他虽说不懂画，却爱惜人才。湘钢要是真能出几个大画家，那该多有面子啊！眼见小伙子们遇到困难，气氛有点压抑，杨主席便组织他们观看钢铁工业录像片，深入湘钢现场体验，又邀请省内名家授课指导。

5月，季节绿得当令。徐老师背着30幅宣传画初稿送往北京，一路忐忑。

展开湘钢画稿，陈编辑看一张高兴一阵。冶金部大楼发生了一场不大也不小的轰动，大家纷纷去欣赏来自基层的工业宣传画。

初战告捷，但还需根据带回来的意见，对初稿做许多修改，再放大成正稿。天气越来越热，画室屋顶那台老爷吊扇疲惫地转动着，下边是一群光着上身只穿短裤的画家，汗流浃背。

就这样连续突击了四天三夜。7月17日早晨，徐老师一边派人去买北京的车票，一边给画作补齐最后几笔。他拿过馒头刚啃两口，便蹲在地上呕吐，他明白，这是疲劳过度导致的。想起昨天家里有客，妻子叮嘱丈夫中午买点好菜。谁知徐老师一进画室便给忘到脑后，忙到下午1点多才回家。妻子见他两手空空，气得直掉眼泪。

8月29日，《中国冶金报》以整版篇幅刊载了湘钢25幅宣传画中的11幅，其余择期陆续发表；《工人日报》《湖南日报》也分别刊登若干幅湘钢宣传画。冶金部印刷了15万张湘钢宣传画，发行至全国冶金行业；时任中国美术家协会书记处常务书记雷正民在《中国冶金报》撰文称赞。《人民日报》两次选登湘钢宣传画，12月24日，其《大地》副刊的显著位置，刊登了时任中国美术家协会副主席华君武为湘钢宣传画所写的文章：《给宣传画以新的生机》。

2017 年 11 月，中国冶金文学艺术协会在湘钢举行年会，曾长期担任《中国冶金报》领导职务的当年陈编辑，与早已退休的徐老师久别重逢，他感慨道："那次湘钢宣传画创作活动，让我深刻领悟到徐老师为什么说湖南人吃得苦、霸得蛮。"

在首都舞台大放光彩

1991 年，为庆祝中国共产党建党 70 周年，湖南省总工会举办全省职工文艺调演。湘钢职工艺术团创作组一行，于深夜 11 点从株洲搭乘火车，翌日天尚未明便到达了毗邻广西的东安县，通宵没睡。湘钢建在这里的矿区，派来拉矿的大卡车接站，几个人爬上后大厢，在晨风中一路歌唱。

六个节目中的五个都在顺利推进，唯独女子群舞，在策划阶段便卡了壳。"不超过 7 分钟的舞蹈，要歌颂湘江两岸那么多的老一辈革命家和无数先烈，该怎样表现呢？"负责文学台本的老胡冥思苦想好几天，还是漫无头绪。

他想起 1988 年 5 月那个上午，湘钢职工艺术团几位创作编导人员，在雨湖公园的一只游船上，策划湘钢建厂 30 周年文艺晚会。要排演大型音乐舞蹈组合《湘钢颂》，需要一个展现中国冶金史的序幕。当时，他朗诵了唐代李白那首《秋浦歌》："炉火照天地，红星乱紫烟。赧郎明月夜，歌曲动寒川。"

以古代冶炼工人为题材的作品，在浩如烟海的中国古典诗词中非常罕见，这首五言诗场景感极为强烈，意境大气苍凉。船上几位音乐、舞蹈、舞美人员，立刻从中找到艺术灵感——编创男子群舞《冶炼之光》。谁会料到，这个仅仅是作为序幕的舞蹈节目，此后常常被单独拿出来演出，几经淬炼，不仅在市、省调演中获奖，还被选入湖南电视台春节联欢晚会。

"那时候，思维多么活跃啊！"老胡叹了口气。矿山招待所窗外，南国之春的连绵阴雨，让人更觉压抑。

没有文学台本依托，编导、音乐、舞美等都动不起来，人们虽然着急，却也明白灵感是急不来的。

这天晴朗，矿工会安排去后备矿区羊角寨走走，那里又称"小桂林"，是当地一景。登上山顶放眼四望，远近坡岭的杜鹃花，在阳光下开得灿烂如旗。老胡恍若回到井冈山下知青岁月，那里山高林密，杜鹃花海更为壮观。又想起几年前，在韶山滴水洞3号楼参加全国冶金系统文学笔会，读到邵华那篇散文《我们爱韶山的红杜鹃》。

"韶山红杜鹃，多好的象征啊！"老胡顿时兴奋起来，问身旁的矿区工会干事老秦："咱们县里有图书馆吗？"老秦一笑："这永州地面虽说偏远，却是舜帝魂归之所，人文荟萃呀。不说蔡邕、元结、柳宗元、寇准这些外来户，本地人物三国时就有蒋琬、黄盖，接着是唐代大书法家怀素、宋代理学家周敦颐……"

老胡见老秦来了兴致，赶紧打住："好好，这些下次再请教，你就告诉我有没有图书馆吧。""有有，堂堂东安县，哪能没有图书馆呢，规模还不小。"老胡掏出纸笔写下来交给老秦："帮个要紧的忙，看能不能找到这篇文章。"

第二天下午，老秦兴冲冲地交给老胡一本散文集："幸亏在图书馆有熟人，查了一上午，好不容易才发现。"老胡立即翻开书，如饥似渴地读起来，又请创作组其他几位传阅，大家都说找到了感觉，商定舞蹈的名字就叫《韶山杜鹃红》。

不过，这样重大的红色题材，舞蹈语汇的表现力可能会不足，还需要创作一首歌，加入女声伴唱，这样才能更加凸显主题。有人提议，请公司政研会谭科长作词。公司工会俱乐部刘主任立刻打回长途电话，向公司党委李书记求援。

第二天相同车次，谭科长一早抵达。他早就熟悉邵华这篇文章，拿到手上再看两遍，便关起房门进入创作状态。第二天，谭科长向大家朗诵连夜写出的歌词，打动了现场所有听众。大家一致认为舞蹈至此，将出现情感的高潮。当天夜里，谭科长又搭乘火车，匆匆赶回湘潭上班。

1992 年，为纪念毛泽东同志《在延安文艺座谈会上的讲话》发表 50 周年，中华人民共和国文化部批准举办"首届中国民族歌舞周"，选调湘钢《冶炼之光》和《韶山杜鹃红》等三个舞蹈进京，参加 4 月中下旬在北京保利剧院举办的演出。

4 月 14 日，湘潭火车站，"咣当"一声连上车钩，广州铁路局在经停的 62 次特快列车加挂一节硬卧车厢，送湘钢职工艺术团赴京，服装道具另由大货车运送。

调演组委会入驻公安部干警招待所，湘钢职工艺术团和来自云南的两支演出团队也被安排在这里。组委会接风宴上，湘钢领队邹部长、俱乐部刘主任与这次调演的总导演同在一桌。总导演姓李，导演过《开国大典》《佩剑将军》《七七事变》等经典影片，很有名气。

李导演透露：调演将举办隆重的开幕式，邀请党和国家有关领导人出席。从李导演的谈话中，刘主任捕捉到一个信息：要安排一名基层团队的人员，代表来自全国各地的全体演职人员在开幕式上发言。刘主任在邹部长耳边小声嘀咕："这个发言的任务要争取过来，我们的主持人小邓肯定能行。"

回房间的路上，两人有意跟着李导演，大胆提出请求，又简要介绍小邓的情况，李导演答应先看看、试试。

片刻工夫，他们带着小邓来到李导演房间。李导演问过小邓的学历、演艺经历及身高等情况后，递给她一页稿纸："根据你的理解，把这个念给我听听。"这是开幕式上的一段主持词，小邓接过来那一刻，稿纸竟发出"飒飒"的轻微颤抖声！她默念一会儿，调整了情绪、清了清嗓子，抑扬顿挫地朗诵起来。

李导演从小邓手里要过去稿纸，指出几个地方的朗诵欠缺，提出情感处理的要求，让小邓再朗诵一遍。小邓的紧张感消失，情绪稳定下来，这次朗诵就收放自如、有所发挥了。

"行，开幕式的演职人员发言代表就定她啦！我明天向组委会去说说！"李导演接着又道，"不过，发言稿得你们自己写，写好以后送给我和组委会审阅！"李导演后来说，安排湘钢发言，最重要的，因为你们是来自毛主席家乡的企业！

开幕式那天，保利剧院台下坐着中央领导、来自首都以及全国各地的文艺家。小邓代表全体演职人员发言："我们从白山黑水来，我们从南疆海岛来，我们从西南边陲来，我们从毛主席的故乡来……"台下掌声雷动！

湘钢的三个舞蹈在首都舞台大放光彩，《冶炼之光》和《韶山杜鹃红》获得创作、表演一等奖，《冶炼之光》捧回本届歌舞周的最高奖——"阿诗玛杯"！

那组获银奖的照片

深秋的北京，美术馆东街 22 号，中国美术家协会《大众摄影》杂志社主办的《钢铁之恋》摄影展，人群熙熙攘攘，大家为钢铁世界的宏大与壮观、多彩和深沉所吸引。

"这是哪家钢厂的？"有人问道。

"毛主席家乡的湘钢。"

中央电视台第六频道对本次摄影展进行报道，称赞这批摄影作品展现了钢铁之美、劳动之美。

展览的作者只有一个人——湘钢工会的熊老师。他用镜头捕捉钢铁的灵魂。

农历大年三十晚上，天空飘着雪花，湘钢高炉大修工地灯火通明。工人们身披雪花，在寒冷的夜色中忙碌，仿佛一尊尊移动的雕塑。熊老师头戴红色安全帽，踏着深深的积雪，在工地上"嚓嚓"地摁动相机快门。

他来到工人身边问："冷吗？"

"不冷！你看，我们干活时还冒着汗呢！"

"哎哟，电子快门打湿了。"熊老师赶忙进工棚将相机摘下来用布擦拭，又给两手哈口热气取暖。有位工人走过来，递给熊老师一杯热水，笑着说："喝口水，暖暖身子。"这一刻，熊老师觉得自己不是局外人，而是工地的一员，正在与工人们共同度过一个难忘的除夕。展览中那幅为观众称道的摄影作品《大年三十》，就是这样诞生的。

星期天，熊老师又一次来到炉前班组，打开手提电脑，请来他所熟悉的工人们，看看大家这十年来的工作形象。"这是小李、这是小张，这是老王。老陈，你刚进厂时，是个大胖子呢！""熊老师，我想把这几张照片拷回家保存起来。""我也是……"

等人们静下来，喝水的、抽烟的，都望着熊老师。"我想整理挑选一批照片，参加全国第21届摄影艺术展。今天过来，就是想请大家来个头脑风暴，一起讨论取个名字。"经过一番热烈讨论，

《炉台上的人（组照）》之一

最后定名为《炉台上的人（组照）》。

《炉台上的人（组照）》，荣获全国第 21 届摄影艺术展银奖，每一幅照片都充满故事性和场景感，仿佛能听到工人们的心声，感受他们与钢铁共舞的激情。

从"厂 BA"到全国联赛

2023 年 7 月 30 日黄昏，株洲市全民健身服务中心人山人海，"株洲厂 BA 篮球锦标赛"冠亚军总决赛，将于今晚在此精彩上演。

湘钢工会文体中心纪主任的手机铃声响起："我们的客户已经到了，马上就进场，座位安排好了吗？"电话那头，是湘钢销售部党委左书记。"左书记，我们已经在入口处等着了。放心，保证每

奋斗，为了更好

个客户都有座位。"

这两天，十多位客户来湘钢销售部联系业务，听到有这么一场篮球赛，他们都来了兴致："湘钢篮球队名声在外，这次可要一睹风采。"

"左书记，我今天不走了，马上退掉回程机票。你们要帮我搞到入场券啊！"

"肯定安排好，我陪你们一起去看球！"

足可容纳五千人的场馆座无虚席，湘钢啦啦队一色工装引人注目，八面大鼓、十二面彩旗雄风尽现。湘钢的十几位客户在公司领导及左书记陪同下到达，"我们也是湘钢啦啦队！"有的客户接过"钢铁硬汉，不服来战"的醒目横幅，要为湘钢队员加油打气。

激烈而精彩的比赛开始了，场内观众有时屏住呼吸，有时沸腾地呐喊。湘钢队每进一球，啦啦队方阵的鼓声、加油声就响成一片。

当主裁判哨声响起，电子屏幕弹出比分"77：62"的一刹那，"我们是光荣的湘钢人，奉献在十里钢城……"的湘钢厂歌唱了起来，威风锣鼓敲了起来。"这球打得过瘾、真过瘾！"队员们与教练拥抱在一起，脸上分不清汗水还是泪水。经过长达两个月的八轮艰难比拼，湘钢篮球队终于在收官之战获得"株洲厂BA篮球锦标赛"总冠军！

中央电视台第五频道"体坛快讯"节目播出该场比赛的消息。那一天，湘钢职工的微信朋友圈出奇地一致：祝贺湘钢篮球队夺冠！

湘钢篮球队，20世纪六七十年代就成立了，是湘钢人的心头爱。1998年在全球经济危机的影响下，这支专业球队被迫解散。

"内振士气，外树形象"。2021年7月，新一代湘钢篮球队应运新生。12名新队员亮相钢城，他们都是从全国各大院校招聘来的应届大学生，平均身高 1.92 米。

这是一支"半专业化"球队，队员们每个工作日下午 3 点之前在各自单位工作，纳入单位绩效考核；3 点至 6 点及周六全天参加训练，纳入球队绩效考核。这种双重考核压力相当大，队员要么提前上岗，要么把手头没能完成的工作任务放到下午 6 点之后。训练一结束，澡不洗、饭不吃，就赶回单位加班补"活儿"。

小郑是销售人员，参加比赛总要带上笔记本电脑，不能耽误业务上的事儿。2022 年 4 月，球队去广东参赛。比赛当日中午，全队在餐厅准备吃饭，小郑的手机响了：

"您需要什么规格的？多少吨？交货期是什么时候？"

"又有客户找他了！"队员们看着全神贯注的小郑，心里急啊。虽然司空见惯，但这次比赛对手非常强，不容任何分心。

"哥们儿，你人都出来打比赛了，求求你，比完赛再处理业务行不？"

"兄弟啊，那样黄花菜都凉透了。客户大于天，不差这一时半会儿。"小郑饭也不吃，拔腿直奔宾馆房间。工会体育主办小王急忙将饭菜打包，跟了过去。将近下午 3 点，小郑这才关上电脑，打开房门准备去集合，发现小王和教练都在门外，不知等了多久。那场比赛，小郑发挥得超级好，想来肯定是谈成了一笔大订单。

2023 年 11 月，湘钢篮球队代表中国冶金体育协会，参加在广东佛山举办的第十一届中国职工篮球联赛全国总决赛。参赛球队有的是企业专业队，还有很多是中国职业篮球赛（CBA）退役的专业球员。强手如林，湘钢球队太年轻，队员们有些忐忑。教练在动员会上激励小伙子们："没啥好怕的。每球必争，打出自己最好的水平就行！"

初生牛犊不怕虎。几轮艰难比拼过后，湘钢队打到关键一战。

如果赢了，就将冲进决赛。

比赛势均力敌，比分咬得非常紧，不断地拉平，又不断地互相超越。距比赛结束的时间越来越近，球员们不时抬眼看计时钟。队长小赵双手张开，朝下按了按，这个手势队员们太熟悉了，是在提醒大家：稳住、再稳住！

忽然，小张看见球就要飞出边线，他眼疾手快，腾空而起又转身一扑，把球稳稳接住，瞬间传给三分线外的队长。只见队长双手将球举起，凌空而跃，一条漂亮的弧线划向对方篮板。观众们屏住呼吸，睁大眼睛注视着篮球，只见那球像安装了定位器一样，妥

2023 年，湘钢篮球队获得"第十一届中国职工篮球联赛"超级组亚军

妥地落入篮筐。而小张因为身体失衡，重重地摔在地上，队友们赶忙奔过去把他扶起。

最终，湘钢篮球队夺得亚军，为全国冶金职工赢得了荣誉。

（文字编辑：胡佩生）

为了一份嘱托

郑重

2019 年 10 月 1 日上午，庆祝中华人民共和国成立 70 周年大会在北京天安门广场隆重举行。当一位白发苍苍的老奶奶出现在"致敬方阵"的电视直播画面中，我不由得欢呼起来："这不是我们的老园长周静安吗？"她作为全国劳模的代表之一受邀赴京，加入受阅大军。

湘钢幼儿园，是当年湘钢建厂时周奶奶一手组建的。我从来不敢忘记她老人家的嘱托："一定要把湘钢幼教办好，让职工们安心上班。"

"什么？自己养活自己？"

2015 年之前，湘钢幼教属于原生活服务中心，是吃"湘钢饭"的，所有开支由湘钢负担，也没有经营任务。湘钢职工会把孩子送到湘钢的幼儿园，我们不愁生源，老师们也没有招生任务。

2015 年那天，我正跟接孩子的家长聊得欢，接到幼教院院长电话："下班谁也不要走，全院召开紧急会议。"

会上，院长严肃地宣布："从明年起，湘钢幼教院开始实行市场化运作，三所幼儿园要实现自己养活自己！"

2001 年，幼儿园举行表演活动

　　"什么？自己养活自己？"会议室里像是炸开了锅，大家惊呼起来，议论纷纷。

　　我震惊了。我所负责的三幼，30 多名员工，但才有 200 多个孩子，日常的水电费、机物料消耗、老师的工资、孩子们的伙食费……这些数据开始在我脑海里不断闪现，怎么算都不可能实现收支平衡。

　　一连好几天，我茶不思饭不想，沉浸在焦虑里。院长看出我的心思，说："日子还是要过啊！"接着，她和我讲起老园长周静安的故事。

　　1958 年，周静安和丈夫响应"建好主席家乡，建设钢铁强国"的号召，从鞍山来到湘潭。31 岁的她，凭借在鞍钢的幼教工作经验，担任湘钢第一幼儿园的园长。职工们的孩子以及苏联专家的小朋友，有了安顿的地方。那是一个物资供应相当匮乏的时期，下班后，周园长带领老师们开荒种地，喂鸡养猪，让幼儿园的食材在短时间内实现了自给自足。

我们现在的办园条件，与老园长那时候比，实在好得太多：多媒体教学设备、空调、音响、饮水机、洗衣机等硬件设施，宽敞的幼儿活动室、午休室、盥洗室，红绿相间的塑胶操场，崭新的户外玩具……我们应该把幼儿园办得更好。

第一次发传单

真想实现自己养活自己，谈何容易，市场化对我们来说是一个不小的挑战。夜色漆黑，我坐在窗前，思考改革的发力点，"唉，太难了。"

过去，都是等着家长将孩子送过来；现在，必须走出去把孩子引进来。看看周边的幼教行业，早已发生巨大变化，如雨后春笋般林立的民办幼儿园，已经将市场抢占殆尽。

那是一个周末，我带着老师们来到步步高商场大门外，准备派发幼儿园的宣传单。看着身边熙熙攘攘的人群，我只觉头皮发麻、脸通红、手发抖，几次鼓起勇气，又退了回来，心想：

"这要是碰到熟人怎么办？"

"人家拒绝接传单怎么办？"

老师们跟我一样，实在拉不下面子。我跟上一位牵着孩子的妈妈："您好。我是湘钢幼教院的老师，您孩子上幼儿园了吗？"这位妈妈停下了脚步，拿过我的传单，耐心地听我介绍。就这样，我迈出了第一步。

那段时间，下班后、节假日，我们都会到超市、商场、周边小区等人流密集区发放传单，向人们介绍湘钢三幼，也经常碰到朋友和熟人。在大家诧异、理解、支持的过程中，我和老师们的心理素质越来越强大。渐渐地，只要看到带孩子的家长，我都会职业病似的上前询问"孩子多大了？在哪里上幼儿园？"然后竭力推荐湘钢三幼。只要是有点意向的家长，我们都会了解幼儿情况，上门拜访。多少次奔波后，疲惫不堪地回到家里，饭都不想吃。

"我也愿意！"

三所幼儿园的员工下班后，大家聚在一起，听院长抛出的四个问题：

"为什么家长反映幼儿进湘钢幼儿园就容易生病？"

"为什么早晚接送幼儿这个环节我们总是做不好？"

"湘钢幼教到底有哪些历史积淀？"

"怎样才能做好招生工作？"

一阵"头脑风暴"后，三所幼儿园决定分组讨论。画图的画图，写方案的写方案。我们回忆孩子们在园的一日学习和生活场景，把重点放在午睡时、活动时、洗手时、如厕后几个环节。

"哦！午休没有及时穿衣如厕！"

"活动后没有及时换汗巾！"

"洗手时没有挽起衣袖，容易弄湿！"

"孩子尿湿了，没有及时发现并换裤子！"

"上完厕所后衣服没有扎好！"

你一言、我一语，说着说着，大家脸都红了。工作中的不细致，是造成孩子生病的源头。孩子生病，家长肯定不会送来，久而久之，生源就流失了。

早晚接送幼儿的问题，讨论更加热烈。"我们都是国企员工，跟湘钢的生产单位一样上下班，有什么问题呢？"

"早上我家孩子要上学，太早上班我做不到呀！"

"家里还有老人等着我做饭，不能太晚回去。"

都不情愿早点来、晚点走，院长知道大家还停留在老观念，拿出周边民办幼儿园的调查数据，说："你们看看，人家民办幼儿园是怎么做的。"

看完民办幼儿园一切以幼儿、以家长为中心的运作模式，大家默不作声。

"如果还是按照老观念、老办法来办园，湘钢幼教根本无法在激烈的市场竞争中存活！"院长接着说。

刚才那几位找理由的职工举起手：

"我愿意早点来，晚点走。"

"我也愿意！可以克服家里的困难！"

在幼儿园图书馆学习的孩子们

奋斗，为了更好

"我也愿意……"

从那时起，全体教职员工的会议、培训全部利用晚上或周末时间进行，老师到岗时间也做了调整，早班提前到 7 点 15 分，晚班延迟至 18 点 45 分，都是为了方便家长接送孩子。

一年后大家又聚在湘钢三幼，气氛明显不同于之前的焦虑和沉重。院长说："恭喜我们完成了从'关门'办园到'开门'办园的成功转型，短短一年时间就扭亏为盈。"

"哗啦啦"，会议室里猛然响起一阵热烈的掌声。有同事说："我已经不知道什么是难为情。其实，只要迈出第一步就好了！"

周围一片笑声："我也是！"

玩出花样来

阳光明媚的下午，商务公司领导找到接班担任幼教部长的我："你想没想过，湘钢的幼儿园今后要如何发展？"

我想了想回答："光是向社会开放还不够，更要把保教质量水平提上去，打出湘钢幼教品牌，才能吸引更多孩子进来。"

究竟应该怎么改？对装修一窍不通的我，开始钻研环保油漆、实木桌椅、真空玻璃、护眼吊灯、监控设备……

每个暑假，我都戴着安全帽守在施工现场，大家戏称我是"职业监理人"。通过几年的投入改造，湘钢三所幼儿园发生了翻天覆地的变化，办园条件得到质的提升。

看着焕然一新的园所，我却高兴不起来。湘钢幼教要想持续向好，保教质量是核心。但是，前些年受国外影响，我们先后引进的某些教育理念、多元智能理念等，都有些"水土不服"，效果不佳。到底该用什么理念来办园呢？我挠了挠头，一时理不出头绪。把中外幼教理念的书籍翻了个遍，都觉得很难应用到我们自己的幼儿园上。

站在窗前，看着孩子们嬉戏，跑着、闹着，我心里灵光一现：爱玩，是孩子的天性，但如何让孩子玩出精彩、玩出意义、玩出价值，这才是湘钢幼教提高保教质量的方向。

从游戏着手！我赶紧在纸上把想法记下来，开始重新思索怎样让孩子们"玩出花样来"。我带领骨干教师到全国各地学习取经，回来之后召集员工发表感想。大家沉思了一会儿，你一言我一语地说起来。

新进来的小于老师站起来发言："附近高端幼儿园的户外游戏场所都无法与湘钢幼儿园的相提并论，我们要发挥三所幼儿园这方面的优势，开发幼儿阳光体能游戏特色课程！"

这个词好新鲜，我对小于投去赞许的目光："那你稍后写个策划方案。"

没几天，小于就把方案拿出来了。我一看，种植区、沙池区、体能区、足球区、篮球区……这么一来，孩子们每天都可以在户外自由地玩水、玩沙子、堆房子、骑车子、打篮球、踢足球。

自从把游戏的主动权交给孩子，每天都能听到他们欢快的笑声、嬉戏声，我心里高兴极了。

一个同事气喘吁吁地来到我办公室："郑部长，不行了，太累了，这女老师体力真的跟不上，我们需要男老师！"

四幼的张园长给我提了一个好建议："湘潭市有一家专门做幼儿体能的教育机构，全部都是男老师，我们可以与他们合作。"我和张园长去他们那里观摩，回来后马上起草合作协议，得到商务公司批准。湘钢幼儿园从此有男老师啦！

奋斗，为了更好

2021 年，我来到浙江省一家国家级游戏活动试点幼儿园观摩学习。这种游戏方式作为中国本土实践探索出的课程理念，孩子们在充满爱和安全感的环境中，在没有老师的干预下，不断挑战自己能力的边界。

对，这就是我们要的效果！要让湘钢幼儿园的孩子们，享受到这个最新的教育资源。

各个园所在原有的户外区域上，增设涂鸦区、野战区、大型建构区、游戏扮演区、综合能量广场等区域，全面开启"真游戏"革命。看到老师们从控制到放手，让孩子们在自主、自由的游戏中获得经验，形成想法，接受挑战，大家感叹这才是"好玩的游戏"啊！

2021 年 5 月，湘钢幼儿园被湖南省教育厅确定为游戏活动试点园，并首次承办区级幼儿园教学成果观摩活动。2023 年 11 月，湘钢一幼荣获"湘潭市 2023 年幼儿园游戏试点工作先进单位"称号。

金杯银杯，不如市场的口碑。湘钢幼教发展得越来越好，在园人数从 300 人、500 人，一直增加到 700 人、800 人，最高在册人数 858 人，幼儿每月平均出勤率高达 97%，孩子们是真正喜欢上了湘钢幼儿园。

迎战"低生育率"

2023 年全国人口统计报表数据出炉，全年出生人口仅为 1000 万。在低生育潮的席卷下，一年里有超过 2 万所幼儿园，因为招生难而被迫关闭。

近几年，湘钢幼儿园在册人数一直维持在 770 ～ 800 人，并没有切身感受到"生源荒"。但，2023 年整个湘潭市岳塘区出生的孩子只有 2000 多个，我感到后背一阵发凉。幼儿园的冬天，真的来了。

在新生儿数量减少的大背景下，家庭对孩子的教育投入肯定会更加谨慎和挑剔，这就要求幼教机构在提供教育服务时，更加注重满足家长的个性化需求，提供差异化的教育方案。低生育率，更意味着幼教行业的需求变化。

对！低生育率对幼教行业的冲击，最初是消极、打击士气，但从长远看，这也是一次大洗牌，幼教行业即将从数量扩张向质量提升、从传统模式向创新模式、从单一功能向多元功能转型升级。

我神情凝重地告诉园长、教学骨干们："全国出生人口呈断崖式下滑，湘钢幼儿园即将面临前所未有的挑战。重数量不重质量的时代将一去不返，精品之路是我们幼教行业未来发展的唯一出路。"

经历过多次洗礼，面对新一轮危机，大家的心理承受能力强大了许多。三幼的轩园长说："我从一进厂就在湘钢幼儿园，经历了湘钢养到自己闯的过程，现在又遭遇生源荒。原来我们只招收两岁半到六岁的孩子，现在可以发展更低龄的托育事业，向托幼一体化转型。"

四幼的张园长提出："近几年虽然湘钢幼儿园的活动不断，但是仍局限于幼儿园内部，缺少有影响力的大型活动。我们可以与家庭、社区、厂区、各个机构联动，扩大幼儿园的社会影响力。"

一幼的胡园长接过话："前一阵子，网络上不是有广西砂糖橘到哈尔滨研学吗？我们是不是也可以组织孩子们开展研学活动？"

你一言、我一语，你献一计、他来一策，思路一下子就打开了。

我马上组织小班的老师们进行托幼一体化课程培训，各个幼儿园都将招生年龄段向下延伸。看着老师们认真学习幼儿的日常护理、安全保障、健康管理知识，熟练地帮孩子们换尿片、泡奶粉，我明白，这不是我一个人的战斗，而是湘钢幼教全体人员的并肩作战。

2024年5月23日，湘潭市图书馆、少年儿童图书馆与湘钢新希望幼儿园举行馆园合作签约授牌仪式，在湘钢三幼成立湘潭市图书馆、少年儿童图书馆湘钢新希望幼儿园分馆。本次馆园合作，不仅是资源的共享，更是文化的传递和心灵的交流，用阅读陪伴孩子成长，开启孩子更广阔的心灵世界！

各幼儿园充分发掘周边资源、家长资源、社会和文化资源，开展丰富多彩的社会实践活动。湘钢四幼把湖南省联防机构请进幼儿园，开展"大手牵小手"亲子消防宣传教育活动，进行专业的消防演习；湘钢一幼将湘潭市公安局巡特警支队请进幼儿园，与幼儿一起进行安全防护教育互动体验活动；湘钢三幼携手岳塘公安步行街快警站，开展警营活动日，让孩子们沉浸式感受警营文化，零距离接触警察工作，解锁不一样的"警"彩。

紧接着，湘钢幼儿园分批组织中小班的家长和孩子到龙牌酱油基地，开展酱油制作的研学活动；到湘潭市博物馆，开展"踏寻民间艺术、感受文化魅力"的社会实践活动；组织大班幼儿去菊花塘公园、百亩湖公园、岳塘公园开展春游；联合社区开展"共同行动，接种疫苗，为全生命周期护航"主题活动；联合湖南银行，开展"小小银行家"社会实践活动；联合湘潭市口腔医院，开展"爱牙同行"主题小小牙医职业体验活动；与湘钢一校、二校、三校开展幼小衔接活动。

通过"走出去、请进来"双重发力，加上红网湘潭站、抖音

特警进幼儿园参加活动

平台、湘潭日报·新湘潭客户端、湖南日报新媒体·新湖南等主流新闻媒体报道，湘钢幼儿园的知名度和影响力大大增加。到目前为止，湘钢幼儿园的生源仍维持在 730 人左右，未造成太大波动。

　　传承周奶奶的奋斗精神，不负周奶奶的嘱托。作为一名 80 后的钢三代，我很庆幸自己的青春年华能与湘钢幼教的改革同行，从青涩懵懂的幼教新手成长为经验丰富、充满自信的骨干教师的同时，也见证了学前教育改革给我们湘钢幼儿园带来的巨大变化。

（整理：聂军　文字编辑：时代）